DET ÄR NÅGOT SPECIELLT MED FRÖKEN MARY

REGENCY-ESKAPADER
NOVELL FYRA

EBONY REES

Ebony's Formatting Collective

PO Box 2160

Rangeview

Victoria 3132 Australia

KAPITEL 1

LONDON, 1817

Lady Mary Callingsbrookes svettiga hand gled ur
kavaljerens grepp. Med en klumpig grimasch
tryckte hon handflatan mot sin kjol för att torka bort
fukten. Med så mycket grace hon kunde uppbåda
fattade hon åter kavaljerens hand och höll balansen i
valsen.

Kavaljeren hånlog mot henne, vilket gjorde hans
titel till en lögn. Självklart skulle Sir John Montague,
baron av Cliveshire, finna hennes fuktiga hand frånstö-
tande. Hennes handflata borde vara torr och varm, som
en dams. Inte för varm för att antyda ett hett blod,
förstås. Det skulle vara okvinnligt enligt de små böcker
som mamma hade tvingat henne att läsa. Och hennes
hud skulle absolut inte vara så klibbig som en groda,

nybadad och varm. Och absolut inte het och våt, som hos en desperat lösaktig kvinna, vars ohämmade lustar flödade genom hennes sidenhandske.

Musiken tystnade. Cliveshire neg kort och följde henne tillbaka till hennes kusin Charlotte, önskade henne sedan god kväll och försvann in i folkmassan.

Det fanns så många tomma rader på hennes danskort att hon hade hoppats att han skulle fylla ytterligare en. Men den hast med vilken han hade överlämnat Mary till hennes förkläde satte stopp för det.

"Jag måste få av mig handskarna", sa Mary och sköt ner muddarna längs armarna.

Charlotte stillade hennes hand och talade med låg röst. "Det får du inte göra här. Kom ut i svalkan, det kommer att hjälpa."

Mary grep tag i Charlottes hand som en drunknande valp skulle klamra sig fast vid en förbiglidande stock när de lämnade rummet.

"Herregud, vad du är blöt", sa Charlotte.

Nu när inga nyfikna blickar såg dem drog Mary av sig handskarna helt och hållet och släppte ner dem i en krukväxt. "Det är något allvarligt fel på mig, är det inte, Lottie?"

"Det är nog bara nerverna", sa Charlotte och log så att smilgroparna syntes. Sedan tillade hon: "Cliveshire är ganska stilig."

"Nej, vifta inte bort det här." Mary skakade på huvudet, medveten om sina brister. "Det känns som om hela min kropp står i brand. Min klänning klibbar fast vid huden. Känn här." Hon grep tag i sin kusins hand och tryckte den mot sin mage.

Charlottes ögon vidgades. Hon tog ett steg tillbaka och såg på henne igen, ordentligt den här gången. "Du är genomblöt. Jag hämtar något att dricka åt dig."

"Nej, snälla. Stanna här med mig. Bara att vara borta från dansgolvet svalkar redan ner mig."

Charlotte höjde på ett ögonbryn. "Borta från de stiliga kavaljererna, kanske?"

"Är det så här män gör? Får kvinnor att förvandlas till vatten? Säg mig, när du hade din säsong, var det normalt när du var ... du vet ... när du dansade?"

I ögonvrån kunde hon ha svurit på att hon såg Cliveshire i utkanten av en annan folksamling, pratandes med en kvinna som såg ut som hennes egen mamma. Men det kunde inte stämma. Hennes mor var hemma med huvudvärk, vilket var anledningen till att Charlotte hade ryckt in. Om inte hennes kusin, som var änka, hade kunnat följa med henne, skulle hon också ha tvingats stanna hemma den här kvällen. När allt kom omkring hade det kanske varit det bästa.

Charlotte skulle just svara, då hon lade huvudet på sned som om hon kom att tänka på något annat. "Många baler jag var på var väldigt trånga, men ... om jag får fråga", och här kontrollerade hon att det verkligen inte fanns någon annan i närheten och att de var helt ensamma. Mary såg sig också omkring för att försäkra sig om detsamma. Charlotte lutade sig närmare. "Förutom på handflatorna och magen, var annars förvandlas du till vatten?"

"Under armarna, förstås", medgav Mary.

"Mmm. Och?"

"På ryggen, såklart."

"Såklart. Och vad sägs om", hon lutade sig in för att viska, "mellan benen?"

Hettan från tusen solar for genom Marys kropp när hon nickade omärkligt.

Charlotte log. "Bra. Det är absolut inget fel med det. Det betyder att du är en livfull ung kvinna på tröskeln till något underbart. Din framtida make kommer att ha tur som får dig. Om det här är hur du reagerar på en dans, kommer du att fullkomligt forsa i sängkammaren."

"Herre min skapare, Lottie! Tala inte om sådana saker!" Marys ansikte blev så hett att hon snodde åt sig sin kusins solfjäder och viftade luft mot sitt ansikte.

Charlotte log medvetet och tog ett kort ur sin pompadour. "Gå och träffa den här kvinnan. Hon kommer att göra dig gott."

Förvirring sköljde över Mary när hon såg på kortet. En enkel gräddfärgad fyrkant med en handskriven adress i Soho och ett namn: Mrs. Skarsgard.

KAPITEL 2

En sval vind blåste längs gatan, kastade Marys slöja över huvudet och blottade hennes ansikte fullständigt. Förbaskat! Tänk om någon hade sett henne? Hon drog spetsen på plats igen och fortsatte gå, långt förbi gatan där hon borde ha svängt.

Det här var fånigt. Om hon fortsatte att gå fram och tillbaka längs staketet vid Soho Square skulle hon bli ännu mer iögonfallande än om hon bara hade svängt in där hon skulle från första början. Hon korsade gatan med dunkande hjärta vid tanken på hur djärv hon kunde vara. Under några minuter låtsades hon titta in i ett skyltfönster och beundra pappersvarorna. Borde hon låta trycka upp nya visitkort? De skulle säkert komma till användning vid något tillfälle. Och en ny penna skulle vara praktiskt. Vad hon avgudade en bra, mjuk penna som flödade jämnt över pappret utan att skrapa.

Sluta söla och sätt igång, tillrättavisade hon sig själv. Hon var här för att träffa den mystiska fru Skarsgard, och träffa henne skulle hon.

Mod, Mary.

Det krävdes allt hennes mod för att svänga ner på sidogatan och ta sig fram till rätt dörr.

Hon knackade. Åh, herregud, hon hade gått så långt. Pirrande rysningar for genom hennes kropp vid tanken på hur modig hon kunde vara. Vilken skam att ingen svarade först. Borde hon knacka igen? Hennes spetsbeklädda knoge knackade ännu en gång.

En kvinna med felfri, mörkare hy dök upp i en annan dörröppning längre bort. Hon ropade: "Letar ni efter någon?"

Som fastvuxen vid marken kunde Mary bara kraxa fram något medan hennes mun öppnades och stängdes. Under vad som kändes som en evighet var hennes röst tyst, tills hon pressade fram ett tunt: "Fru Skarsgard, tack."

"Kom den här vägen", sa kvinnan.

Mary följde efter.

De kom fram till en annan dörr i sidan av byggnaden och kvinnan öppnade den. "Ni har ett kort, antar jag?"

Mary räckte över sitt, medan pulsen sprakade i öronen.

Kvinnans djupa, bruna ögon granskade den grädd-färgade fyrkanten. "Utmärkt, följ med mig."

Mary följde med henne in i en liten, träpanelerad entré som inte var mycket mer än en plats att hänga av sig kappor och förvara våta paraplyer. Där fanns en disk, men ingen bemannade den för tillfället.

Efter att dörren mot gatan stängts bakom dem öppnade kvinnan nästa dörr och uppenbarade en inre fristad.

Vilken syn! Gyllene ljus från levande ljus i väggfasta kandelabrar och takkronorna ovanför sken över dem. Tjocka draperier täckte varje fönster och gav en mysig, inbjudande känsla.

"Uppför trappan och ner i korridoren", sa kvinnan.

Lydigt följde Mary efter.

Borde hon presentera sig? Borde hon fråga den andra damen om hennes namn? Hon var uppenbarligen en dam, klädd i en vacker dagsblåsa, med sitt svarta hår prydligt instoppat under en spetsmössa som visade att hon var gift.

Trots sin nyfikenhet gav Mary inte uttryck för något av detta medan hon lydigt följde kvinnan uppför trappan och, ja, nerför korridoren, till ett rum med en mässingsskylt.

"Är ni fru Skarsgard?" frågade Mary när hon gick in och satte sig. Det var ett prydligt rum som kunde ha varit ett litet sovrum, förutom att det inte fanns någon säng. Där fanns en trasmatta, två öronlappsfåtöljer och ett litet sidobord. Där fanns också en schäslong under det gardinklädda fönstret – glipan i gardinerna släppte in ljus utifrån, men även här stod ljusen för den största delen av belysningen.

"Sätt er ner", sa kvinnan, och varken bekräftade eller förnekade sin identitet.

Mary tog schäslongen.

Kvinnan lade huvudet på sned, med en uppsyn fylld av förståelse och sympati. "Nå, vad verkar vara problemet?"

Var skulle man börja? "Min kusin gav mig ert kort, fru Charlo-"

"Vi använder inga namn här. På så vis kan folk vara sig själva och inte känna någon press från yttre förväntningar eller associationer."

"Jaså", Mary stirrade på den vackra kvinnan. "Men det känns konstigt att inte veta vad jag ska kalla er."

"Ni kan kalla mig fru Skarsgard, om ni vill."

Mary suckade av lättnad. "Tack. Och … ni kan kalla mig … fröken C-"

Fru Skarsgard höll upp sin handflata för att tysta henne. "Vi kommer att kalla er Mary när ni är här."

Vad förfärligt *bekvämt*, tänkte Mary, eftersom det redan var hennes namn.

Fru Skarsgard log och nickade. "Härligt. Nå, fröken Mary, er kusin, som ni inte behöver namnge, gav er vårt kort. Vad var det för samtal som föregick detta?"

Ny förlägenhet sköljde över Mary när hon återberättade händelserna från den katastrofalt blöta kvällen och tillade: "Det kan omöjligt vara normalt. Jag hoppas att ni har någon medicin eller dekokt som kan hjälpa min ... kopiösa svettning?"

Fru Skarsgard lutade sig fram och tog hennes hand. "Svettas ni nu?"

Kvinnans svala, stadiga hand förmedlade omsorg och oro. Att hålla den gjorde ingenting för Marys inre temperaturreglering, och inte heller ställde den till med något för fuktkontrollen.

"Nej, det gör jag inte", medgav hon och kände sig lugn och avslappnad, trots den obekanta omgivningen.

"Stanna här, jag är strax tillbaka", sa hon, släppte sedan hennes hand och gick ut ur rummet. Mary satt kvar och undrade vad i hela friden som pågick, eller vad som skulle hända härnäst.

Några minuter gick och fru Skarsgard återvände med en ung man.

Hans ansikte var blekt som hennes, och kinderna lyste rosa efter en ny rakning. Han var ytterst angenäm att se på, med sina mörka lockar borstade mot tinningarna och sina bruna ögon som log ner mot henne med små rynkor i ögonvrårna. Hans mun, herregud, hans mun var förtjusande. Välformad på det mest tilltalande sätt Mary någonsin sett. Hans tänder var gräddvita och satt tätt ihop, vilket bara kunde beskrivas som en enastående bonus. Ärligt talat, en så stilig yngling borde inte få vandra på denna jord utan att damer svimmade vid hans fötter!

Något dunkade bakom Marys revben. Åh, det var

hennes hjärta, som protesterade mot att hon inte andades. Något annat som hon inte kunde sätta namn på hettade till, lågt ner i hennes sköte.

Fru Skarsgard talade. "Mary, jag skulle vilja att ni träffar mister Smith. Smith kommer med största sannolikhet att kunna hjälpa er med ert problem."

"Va?" bad Mary.

Mister Smith satte sig på schäslongen nära – men inte för nära – Mary. "Det är ett nöje att träffa er, fröken Mary."

Hon sträckte fram handen och han tog den i sin, och kysste sedan kullarna på hennes knogar. Det skickade blixtar av något hett genom hennes kropp, och hon rättade till sin hållning en aning.

"Hur är er hand?" frågade fru Skarsgard.

"Varm", sa Mary utan att tänka sig för. Ärligt talat, vart hade hennes förstånd tagit vägen? Denne Adonis framför henne måste vara någon slags älva för att få henne att tappa förståndet så lätt.

Mister Smith vände på hennes handflata och kysste den. Det faktum att hon lät honom göra det var bara sekundärt i hennes överraskning, långt efter hettan som växte i hennes inre. Det var som om kyssen var en sten som kastats i en damm och skickade ringar på vattnet genom hela hennes kropp.

"Hennes handflata är fuktig", bekräftade mister Smith.

"Hm", fru Skarsgard gjorde en min med munnen och satte sig igen i öronlappsfåtöljen.

Hetta sköt genom Mary när mister Smith fortsatte att hålla hennes hand. "Bli inte generad över något som händer här. Detta är en säker plats, och om ni vid något tillfälle känner er obekväm eller vill att detta ska upphöra, behöver ni bara säga till så slutar vi."

"Tack", sa Mary. "Skulle vi kunna sluta nu, för ett ögonblick?"

Mister Smith lade hennes hand i hennes eget knä och satte sig längre bort på schäslongen för att tillmötesgå henne.

"Tack", sa Mary igen.

Fru Skarsgard nickade. "Hur känner ni er på andra punkter, Mary?"

"Jag ... jag känner mig lite blossande och svag."

"Smith? Öppna fönstret för att släppa in lite luft."

Han gjorde så, och när han stod och lutade sig mot fönsterbågen fick Mary syn på en utbuktning bakom gylfen på hans byxor.

Det borde ha skrämt henne, men istället sände det fler pirrningar genom hennes kropp. Hennes sinne fylldes av bilder av henne själv och mister Smith som hängav sig åt varandra på schäslongen, och sedan placerade den där utbuktningen direkt i den del av hennes kropp som just nu pulserade av mycket heta tankar.

"Jag måste be om ursäkt, fru Skarsgard, mister

Smith. Jag är onaturlig. Jag hade så hoppats att ni skulle kunna hjälpa mig att kontrollera mina onaturliga drifter och förnimmelser. Ack, det är dömt att misslyckas. Jag borde gå."

Hennes ben ville inte bära henne åt rätt håll, tack vare pulsen som bultade högst upp på låren när hon vacklade mot utgången.

"Om ni vill gå är ni mer än välkommen", sa fru Skarsgard. "Ni kommer att behöva ett medlemskort för att komma in igen. Kortet ni använde var för ett kostnadsfritt besök."

Mary stannade vid dörren. "Jaså." Sedan räknade hon i sitt stilla sinne ut hur hon skulle få tag på den summa pengar som krävdes för medlemskap och hur hon skulle kunna förklara för sin familj varför hon behövde dem.

"Ni kan diskutera medlemsavgifterna med vår assistent i receptionen."

"Kommer … kommer ni båda att vara här o- om jag kommer tillbaka?"

Fru Skarsgard höjde ett ögonbryn och tittade på mister Smith. "Det beror på. Varje dag är annorlunda. Och vi håller saker och ting utanför böckerna, så att säga."

Smith sa: "Det är min sista dag idag."

Hans röst var så fyllig, len och självsäker. Väldigt London, nästan med en spår av någon slags accent hon inte kunde placera. Den förvandlade Marys hjärna till gröt och hennes knän till gelé. Det enda hon visste med säkerhet var att om hon gick nu, skulle hon aldrig ha modet att komma tillbaka en andra gång. "Jag har ändrat mig. Jag tror verkligen att jag behöver all hjälp jag kan få, och jag behöver den idag." Hon satte sig igen på schäslongen. Fru Skarsgard och mister Smith satte sig också. "Om ni skulle vara så vänlig att hjälpa mig att sluta svämma över så här när jag är i sällskap med en attraktiv man, skulle det vara ytterst fördelaktigt."

"Min kära", mister Smith tog hennes hand och knäppte upp knappen på hennes handske, rullade sedan av den och blottade hennes fuktiga hud. Hennes hand-flata glänste som ett fält av morgondagg. Han kysste de fylliga kurvorna med sina ack så perfekta läppar och höjde sedan blicken mot henne. "En naturligt fuktig kvinna är sannerligen något sällsynt, fyllt av förundran och skönhet."

Marys mun föll upp i förvåning över det sinnliga anfallet från hans berusande kyss. "Jag tror jag är bortom fuktig vid det här laget", erkände hon. "Men ni uppmuntrar det, när jag vill bli fri från det helt och hållet. Jag tror inte att detta hjälper. Faktum är att jag skulle kunna svära på att ni försöker uppmuntra just det jag vill bli av med."

Fru Skarsgard sa: "Det finns inget att hjälpa, eftersom det inte är något fel på er."

Mister Smith gled närmare henne och lade en hand på hennes lår. Kontakten sände en brännande hetta genom hennes kjollager och drog ihop hennes revben i en stram knut.

Med en blixt av ångest ställde hon sig upp igen. "Jag kan inte se hur detta kan resultera i något fördelaktigt." Det var ett under att hennes hjärna fungerade överhuvudtaget. Det måste vara därför hon lät som en frustrerad guvernant istället för en … frustrerad debutant. Åh, frustrerad var hon minsann. "Jag tackar er för er tid, men jag kan inte stanna."

Hon gick utan att se sig om, hennes mod övergav henne.

Väl ute drog hon ner slöjan över ansiktet. Hennes klunkar av frisk luft var så kraftiga att hon sög in kanten på slöjan och var tvungen att dra ut den ur munnen.

Ännu en fuktig sak i hennes mycket märkliga, nya, våta värld.

Hon knäppte knappen på sin handske och gick i en annan riktning än den hon kommit ifrån, sedan gjorde hon sitt bästa för att smälta in i folkmassan. Hennes lår skavde mot varandra när svetten svalnade.

Det finns inget hopp för mig. Jag är en avvikelse.

KAPITEL 3

Ännu en kväll, ännu en bjudning i en fullsatt, fuktig balsal. Var Mary tvungen att närvara vid varje tillställning den här säsongen, eller kunde hon ursäkta sig och gå tidigt? Hennes mor var fortfarande sjuk, vilket var en överraskning eftersom hon hade verkat så ivrig att övervaka sin dotters säsong. Kusin Charlotte fick återigen rycka in.

Pladdrande ljud studsade mot väggarna och fyllde Marys huvud med ett obegripligt oväsen. Hon stod inte ut med skammen att dansa med någon av de stiliga herrarna här, av rädsla för att hennes klibbiga händer och svettiga kropp skulle fylla dem med avsmak.

"Var kortet till någon nytta?" frågade kusin Charlotte medan de smuttade på ratafia och betraktade de dansande paren.

"Det var ..." hennes kropp pulserade av minnena från mister Smiths kyssar "... någorlunda hjälpsamt."

Charlotte fick smilgropar som ett tecken på gillande. "Jag är glad att du gick dit. Ni borde bli medlem."

Hetta sköt genom Mary, och hon bytte hand på glaset innan det gled ur hennes fuktiga grepp. "Jag tror att ett medlemskap bara skulle göra min åkomma värre, inte bättre."

"Min söta vän, skäms inte för er kropp. Ni är en ung, livfull kvinna, full av liv och glädje."

"Men ingen av mina vänner reagerar som jag. Jag frågade Heloise om det när vi drack eftermiddagste, och hon blev förskräckt."

"Då är Heloise en pryd person, och inte er riktiga vän."

"Det är opassande. Alla mors pamfletter säger detsamma."

Charlotte gav sin kusin en menande blick. "Jag skulle slå vad om mina nästa tio måltider att de där pamfletterna skrevs av kalla män vars fruar, om de är gifta, är desperat otillfredsställda."

Mary fnös i handen. "Så får ni inte säga."

"Ni borde läsa några av böckerna vi har på klubben. De skulle ge er en utbildning, det är jag säker på."

Med låg röst sa Mary: "Heloise föreslog att jag skulle ta kalla bad."

Charlotte drack långsamt ur sitt glas och ställde

sedan den tomma bägaren på ett sidobord i närheten. "Hjälpte det?"

"Inte direkt. Det var ganska … uppiggande. Det fick hela min kropp att pirra, som om min hud på något sätt var lättare."

Charlotte log konspiratoriskt. "Det känns ju så skönt när man slutar."

"Åh ja, det också."

En herre i en fantastisk grön och guldfärgad väst under en svart jacka närmade sig dem. "God afton, mina damer." Han log och bugade sig artigt. När han rätade på sig var leendet fortfarande kvar och fick huden runt hans livfulla, bruna ögon att rynkas.

Glaset gled ur Marys svettiga hand och krossades mot golvet. "Herr Smith!" flämtade hon.

Hans ansikte visade ingen som helst reaktion på hennes andfådda andetag. Varken på omnämnandet av hans namn eller på glasskärvorna på golvet. Med en elegant gest bugade han kort igen, tog sedan Marys fria hand och lyfte hennes fingerspetsar nästan-men-inte-riktigt till sina läppar som en hälsning. Han lämnade tillbaka hennes hand. "Förtjust över att få göra er bekantskap, miss …?"

"C-Callingsbrooke", lyckades Mary få fram.

Charlotte vände bort huvudet och viskade: "Ursäkta mig", som om hon skulle nysa. Istället tog hon ett steg bort från dem båda och undvek det krossade glaset i sina mjuka tofflor.

"Froken Callingsbrooke, ni verkar vara instängd", sa mr Smith och pekade på bågen av vassa skärvor på golvet. "De kommer att skära rakt igenom era skor. Om jag får?" Han sträckte ut handen igen.

Förvirrad kunde Mary bara nicka.

Mr Smith sköt fram foten för att sopa undan skärvorna. Sedan placerade han en hand på vardera sidan av Marys midja. Hans handflator brännmärkte hennes kropp med hetta och sände oidentifierbara ilningar genom hennes system. Med ett självsäkert lyft höjde han henne från marken, flyttade henne som en livs levande riddare på ett gigantiskt schackbräde och placerade henne framåt och åt sidan, långt från faran.

"Jag ber om ursäkt för opassligheten, men det verkade inte finnas något annat sätt att säkert få bort er."

Hans händer vilade fortfarande på vardera sidan om henne. Hetta flammade genom hennes kropp och dundrade i alla riktningar. Hennes ansikte måste ha samma färg som en nyskalad rödbeta.

Han höjde på ett ögonbryn. "Behöver ni lite luft?"

Och ännu ett iskallt bad. "Tack, j-jag klarar mig själv." Elände sköljde över henne. Skulle denna fasansfulla, fuktiga åkomma förstöra hennes liv?

"Ska jag hämta ert sällskap åt er?"

"Det vore kanske bäst." Det var svårt att ens se honom i ansiktet. Han var så djävulskt stilig, och han måste ha kommit ihåg henne från deras korta möte på Soho Club.

Hon kom definitivt ihåg *honom*.

"Öhm", Mary såg sig omkring efter Charlotte. Vart hade hon tagit vägen? Trots hennes svettiga händer och pärlor som rann i strömmar nerför resten av hennes kropp, var hennes hals otroligt torr. Hon höll säkert på att drabbas av någon slags frossa. Kanske var den smittsam? I så fall borde hon lämna festen och tillbringa de närmaste dagarna med att vila hemma, som hennes mor nu gjorde. Ja, det måste vara att föredra framför att uthärda ännu ett ögonblick av denna fasansfulla, fuktiga hetta som förstörde hennes kväll.

Herr Smith erbjöd sin arm. "Tillåt mig att eskortera er till norra balkongen, där det är svalare."

Frisk luft. Ja, det perfekta motgiftet mot detta. Balkongen skulle åtminstone få bort henne från nyfikna blickar. Inte för att hon tittade, men folk måste stirra på henne. Det måste de säkert göra.

Försiktig så att hon inte placerade en hel handflata på hans rock och lämnade ett fuktigt märke, lade Mary sina böjda fingrar på hans arm och lät luften strömma under dem.

Ingen stoppade dem på vägen ut, även om Mary höll blicken stadigt fäst på golvet några meter framför sig. Kjolar och knäbyxor av skinn delade på sig när de tog sig fram. Hennes ansikte hettade ännu mer. Alla måste tänka det absolut värsta om henne. Hennes ytterklänning kanske fortfarande såg torr ut, men särken klibbade fast vid hennes ben när hon gick.

Det var ett vågat mode för vissa damer att medvetet fukta sin särk. Det gav deras silhuett mer form under de halvgenomskinliga lagren, men Mary förbannade sin otur.

Den svala vinden smekte hennes kind när de nådde balkongen, och inte ett ögonblick för tidigt. Djupa andetag av frisk luft hjälpte lite.

Mr Smith försvann med ett artigt: "Jag hämtar oss lite förfriskningar."

Att placera händerna på balustraden lät den svala brisen cirkulera runt hennes överarmar. Hon intog en ledig pose, lutade sig omärkligt bort och lät luften kittla henne under armarna. Rosenvattnet hon rikligt hade applicerat på sina axlar blandades med citronsaften hon hade baddat i armhålorna, vilket skapade en övermogen kombination. Åtminstone var hon ensam och behövde inte förolämpa någon i den närmaste omgivningen med sin miasma.

Åh, kära nån, tänkte hon när mr Smith kom tillbaka och räckte henne en uppfriskande bägare med något djupt rött. "Ett clairetvin?" Med den här takten skulle hon snart svimma.

"Fläder, de försäkrar mig om att det är ett lättvin." Han log när han också lutade sig mot balustraden för att spegla hennes hållning.

Intensiteten i hans blick fick hennes kropp att

reagera på det mest oansvariga sätt. Hon tog en klunk, inte för att hon var törstig, utan för att ge sig själv något att göra. Vad som helst för att distrahera sig själv och undvika att tala, för hennes hjärna verkade inte fungera för tillfället.

Han var inte överdrivet familjär, trots att de hade träffats förut. Detta var definitivt samma man som hade varit i mrs Skarsgards rum. Samma man som hade sträckt sig upp för att öppna fönstret och hon hade sett en bula bakom hans knappar. Det var möjligt att han helt enkelt kunde vara naturligt stor i det området av anatomin, ett område som hon bara hade en flyktig kunskap om baserad på enstaka konstverk och grekiskinspirerade statyer.

Kunskapen om den bulan bakom hans knappar satte igång saker i Marys system igen. Hon var tvungen att ställa ner sitt vinglas, annars skulle det glida ur hennes händer. Den böjda balustraden dög inte alls. Aha, där fanns en väggljusstake, och precis tillräckligt med utrymme för att ställa sin bägare bredvid ljuset som satt i den.

När hon vände sig om log mr Smith mot henne och såg fullständigt avslappnad och charmig ut, som om det inte fanns något opassande mellan dem alls.

Jag får absolut inte titta i närheten av hans byxknappar, beordrade hon sig själv. Men var annars skulle hon titta? Hans ögon? Nej, alldeles för kvicksilvriga. Hans mun? Åh, himmel, det var en mun gjord för synd. Åh, själva näsryggen, mellan hans ögonbryn. Ja, det måste vara säkert.

Han log mot henne och frågade: "Hur är ni bekant med familjen här, froken Callingsbrooke?"

En tillräckligt trevlig fråga, inget opassande med den alls. Hon skulle svara honom och vara trevlig tillbaka. För det var så en debutant uppförde sig under säsongen. "Min farfar var kusin till den andre earlen", lyckades hon få fram. En klunk vin skulle säkert hjälpa till att lugna nerverna? Inte för mycket, förstås. *Sluta övertänka allting.* "Och, mr Smith, har vi några gemensamma bekanta?"

Han gav henne ett leende som bara kunde beskrivas som "fräckt". "Det, min kära froken Callingsbrooke, vore att skvallra."

Hon hade en solfjäder. Den var någonstans ... på hennes handled! Hon fumla efter den med sin lediga hand och vinklade den mot höften så att kanterna kunde fällas ut. Åh, så välsignad luften kändes mot hennes hud.

Hans röst var mild och låg, men hade en antydan till oro i sig. "Froken Callingsbrooke? Jag måste be er om denna enda tjänst."

Hon fortsatte att vifta med solfjädern. Det hjälpte. "Vad skulle det vara?"

"Jag ber er att inte kalla mig mr Smith, åtminstone inte utanför klubben. Är det möjligt?"

"Självklart", svarade hon omedelbart. Han kunde

kalla sig Mallgroda Snobbstövel den sjunde för allt hon brydde sig. Sedan slog det henne. "Åh, *ni menar*?"

"Ja."

Hon höll rösten låg och erkände sin del i denna konspiration. "Ingen här vet att ni är medlem i klubben, eller hur?"

Mr Smith tog ett halvt steg närmare. Inte så nära att någon som råkade komma in på dem skulle kunna antyda att något opassande pågick. "Det är en vacker kväll. Skulle ni vilja ta en promenad med mig i trädgårdarna?"

Det var egentligen ingen vacker kväll. Det var bara det att Mary var het och vinden hjälpte till att hålla henne sval. Det kunde börja regna när som helst. Men det fanns lusthus utspridda och ett neoklassiskt tempel nära sjön, om de skulle behöva skydd. "Jag ska hämta Charlotte", sa Mary, som ett sätt att se till att hon hade en förkläde.

"Här borta", sa Charlotte och vinkade till dem från foten av några närliggande trappsteg ut mot trädgårdsgången. Hon hade tagit på sig en varm pelisse och hade en andra draperad över armen för Mary.

Inte för att Mary behövde hållas varm med tanke på hur hennes kropp betedde sig.

"En promenad blir det, då", accepterade hon.

KAPITEL 4

Hur en kvinna som gick några steg bakom på något sätt skulle kunna förhindra en skandal var för Mary en gåta, men iväg promenerade hon och herr-Smith-men-så-får-jag-inte-kalla-honom längs de slingrande trädgårdsstigarna. Med jämna mellanrum spred en lykta med levande ljus ett varmt sken över omgivningen. Genom att hålla sig på stigarna förblev deras fötter relativt torra och hennes tofflor gyttjefria.

Herr Smith bjöd fram sin arm. Mary lade sin handflata på den och fasade för ögonblicket – som skulle komma mycket snart – då hennes av nervositet fuktiga handskar skulle tränga igenom det fina yllet i hans kavaj.

"Kan ni berätta för mig ert rätta namn, herr Smith?"

"Ni kan kalla mig Brown."

"Är det vad alla andra här kallar er?"

Han småskrattade. "Bland annat. Mycket av det skulle inte tåla att upprepas i en dams sällskap."

Mary kände att hon började fatta tycke för herr Smi- Brown. Hennes kropp värmdes av honom, det var en självklarhet, men något hände på ett annat plan, och hon ville undersöka det. Detta kunde inte bara vara förälskelse. Något betydligt mer flyktigt var på gång.

Med låg röst sa hon: "Får jag fråga er om The Soho Club?"

"Fråga på, men ni ska veta att varje medlem i klubben har svurit att skydda identiteten på alla andra medlemmar."

De tog några steg närmare ett skyddat område vid dammen. Om det hade varit eftermiddag kanske det hade funnits änder på vattnet. Nu sov de säkert i vassen eller var än änder befann sig på kvällen. Trädgårdsbelysningen reflekterades i dammens spegelblanka yta.

"Anledningen till att jag överhuvudtaget gick till klubben, herr Sm-Brown, är att en kär väninna gav mig ett gästkort. Jag besökte den den dagen eftersom jag hade fått intrycket att fru Skarsgard kanske kunde ha hjälpt mig med ett problem som ... gör mig oerhört obekväm. Och till min ännu större olust förde hon in er i rummet. Det är möjligt att hon trodde att hon hjälpte mig genom att konfrontera mig med just det problem jag önskar lösa, eller åtminstone undvika? Jag saknade ryggrad att stanna kvar och fullfölja behandlingen. Och nu har jag varit förfärligt snabb med att föra detta problem på tal. Jag tror att det lilla vinet kanske inte var så litet som jag antog."

De stannade. Likaså de matchande fotstegen bakom dem. Fotstegen som tillhörde Charlotte. Hade deras förkläde hamnat så långt på efterkälken, eller gav hon dem avsiktligt för mycket avskildhet?

Herr Smith, eller Brown, eller vad han nu hette, vände sig om och ställde sig några centimeter från Mary. "Fru Skarsgard bad mig om min hjälp, eftersom jag tror att ni har den felaktiga uppfattningen att det är något fel på er?"

"Det är inget misstag. Det är något fruktansvärt fel på mig. Och det där vinet har gjort mig djärv nog att säga att när jag är i närheten av stiliga män blir jag föremål för en så riklig transpiration att det inte alls är passande. Det är som om jag inte kan motstå de mest grundläggande drifterna."

"Vem har sagt det till er?"

"Tja, jag ... kvinnor ska inte vara så här. Stämmer inte det?"

"Tänk om jag sa till er att era reaktioner på en stilig vuxen man är fullständigt naturliga, och bara är ett tecken på upphetsning?"

Hetta sköt uppför hennes hals och ansikte. "Men det är ju fruktansvärt!"

Smith-Brown ville inte höra på det örat. Han tog ett

steg närmare och rörde vid hennes haka med fingrarna. "Det är normalt, och det är underbart."

"Men det måste vara fel att känna så här. Det kan omöjligt båda gott för en framtida make att ha en hustru som reagerar på ett sådant sätt, på något så enkelt som en simpel beröring."

"Vilken sorts beröring?" Hans ansikte var så nära att hon kunde känna en doftblandning av fylligt vin och cigarillrök från hans andedräkt. "Är det en beröring som denna, där mina fingrar vilar på er haka?"

"Ja, i allra högsta grad", svarade hon så ärligt som möjligt. Kanske skulle han kunna hjälpa henne, utan att hon behövde gå tillbaka till fru Skarsgard och vara i det där klubbhuset. Hon var inte redo för det igen. Alltför konfrontativt. "Bara att dansa är tillräckligt för att mina handskar ska bli genomblöta."

Han slickade sig om läpparna, var nära nog att kyssa henne, men avstod. "Och att stå nära en stilig man? Får det några andra delar av er kropp att reagera?"

"Min kropp reagerar på de mest odamliga sätt, så att jag känner mig alldeles förfärad. Det är så djupt pinsamt. Jag måste vädja till er heder att aldrig nämna ett ord om detta för någon, så att inte ryktet sprids att jag är så onaturlig."

"Jag ska ta detta med mig i graven", sa han och förde till sist sina läppar till hennes.

Flytande hetta for genom Mary när hans mun

kraschade över hennes. Hennes kropp reagerade utan eftertanke eller förnuft när hon lutade sig in i kyssen. Gnistor for genom hennes lemmar och studsade runt i hennes hjärna. Spänning och skräck kämpade om herraväldet, och spänningen vann. Deras andetag blandades och blev snabbare och häftigare. Hennes mun öppnades mer för att ta emot njutningen, hennes tunga sökte hans. Det fanns ingen tanke bakom det, ingen plan, bara ögonblickets överdådiga sällhet.

Hennes händer i sina fuktiga handskar slöts om hans axlar och huvud, samtidigt som en stöt av något djupt och trängande drog ihop sig långt ner i hennes mage.

"Så, ni förstår", sa hon, medan hon flämtade efter andan och sedan kysste honom igen, pressade sina läppar mot hans innan hon drog sig tillbaka, "Ingen man skulle vilja ha en hustru som betedde sig så här."

"Åh", sa han mellan kyssarna, "min kära Mary", ännu en förkrossande kyss. "Så fel ni har."

"Ni är alldeles för snäll", Mary drog sig tillbaka, med svårigheter att urskilja hans drag i det svaga ljuset. "Jag tror att ni bara är artig."

"Inget kunde vara längre från sanningen." Han föll ner på ett knä, med ansiktet i nivå med hennes höfter. "Gift er med mig, fröken Callingsbrooke. Gör mig till den lyckligaste mannen i Britannien."

"Håna mig inte", Mary hade njutit fram till nu. En

kall hårdhet lade sig över hennes kropp när hon försökte ta ett steg tillbaka.

Han grep tag i hennes skinkor med handflatorna och tryckte sitt ansikte mot hennes sköte. "Gud, jag vill ha er. Jag kommer att explodera om jag inte kan få er."

Ett surr som från tusen bin fyllde Marys huvud. Hon ropade ut av ett behov hon inte kunde namnge när Smith-Browns läppar pressades djupt genom lagren av hennes kjolar.

KAPITEL 5

"Det räcker nog nu", sa Charlotte och bröt in i deras privata stund. "Jag tror bestämt att jag skulle försumma min plikt som förkläde om jag inte åtminstone nämnde att musikanterna spelar och att ni kommer att vara märkbart saknade på dansgolvet."

"Ni är välkommen att göra oss sällskap", sa mr Smith medan han drog sig tillbaka. Hans händer vilade fortfarande stadigt på Marys bak, och han verkade inte visa några tecken på att släppa taget.

En välkommen bris lekte över Marys nacke och sänkte hennes temperatur en aning. Hon fann sin solfjäder och knackade den lätt mot mr Smiths axel. "Res er nu, snälla ni." Hon vände sig mot Charlotte och förkunnade: "Den stackars mannen har skadat sitt knä och verkar oförmögen att resa sig."

Charlottes tonfall antydde att hon inte trodde på det

för ett ögonblick. "Min kära kusin, jag kan se din rodnad till och med i mörkret, och det formligen strålar hetta från dig som från en sol. Ta nu ett steg tillbaka."

Mary tog det där steget bakåt och frigjorde sig från mr Smith.

"Får jag ett svar?" frågade mr Smith, som blev kvar på marken. Han verkade inte villig att ställa sig upp. Mary såg ner på honom och förstod den utskjutande anledningen till varför han omöjligt kunde resa sig och samtidigt behålla någon som helst värdighet, inte ens i denna svaga belysning.

Charlotte lade huvudet på sned och log mot Mary. "Har gentlemannen ställt er en fråga?"

Hettan sköt genom henne. "Ja, det har han."

"Och?" sa mr Smith och Charlotte i munnen på varandra.

"Och", började Mary. Sedan vacklade hon. Hon kände knappt den här mannen. Hon visste inte ens hans riktiga namn. Hon kände till hans temperament, det rådde det inget tvivel om, men hon *kände* honom inte.

Problemet var att hennes kropp ville lära känna honom så mycket mer. Och ändå var hon tvungen att ta reda på hans *situation*. Vilken familj han kom ifrån, vilka förbindelser han hade. Skulle det ens kunna vara ett parti som hennes familj skulle godkänna?

"Mr Brown, jag är hedrad över att ha mottagit ert frieri. Ni kan vara förvissad om att jag ska ge det mitt fulla övervägande innan jag ger ett svar."

Hans röst hade en strimma av oro i sig. "När blir det?"

"I sinom tid", svarade Mary. "Möjligen efter att jag fått veta er sanna identitet. Jag förmodar att det vore det kloka sättet att gå vidare?"

Han måste ha varit galen som friade efter bara deras andra möte. Hur kunde han tro att de skulle passa för varandra? Å ena sidan passade de ypperligt ihop, att döma av hur deras kroppar reagerade på den där kyssen, men när de väl tröttnade på varandra – och så skulle det säkert bli, att döma av hennes föräldrars exempel där de bott i skilda flyglar i familjens herrgård före hennes fars död – vad hände då? Skulle han behöva andra älskarinnor för att tillfredsställa sina behov?

Skulle *hon* det?

Charlotte skulle kunna hjälpa till. Det var hon som hade sett till att mr Smiths väg korsade hennes från första början. Hon måste veta mer om det här … det här *vad det nu var* … som hände henne.

"Gå en bit till med mig, kusin", sa hon i ett tonfall som gjorde det tydligt att det inte var en förfrågan.

"Självklart, min kära", sa Charlotte.

När de var utom hörhåll för mr Smith lutade Mary sig in. "Den där mannen får mig att känna sådana skamlösa saker. Säg mig att han är ett undantag. Jag kan inte tro att han är typisk för sitt kön."

"Min kära Mary, vad hände? Jag hoppas att han

inte pressade dig till något som fick dig att känna dig obekväm? Jag försökte verkligen hänga med, samtidigt som jag höll avstånd, så som ett gott förkläde bör göra."

"Nej, kusin, du gjorde inget fel. Det gjorde inte han heller. Problemet ligger hos mig. Det kan inte vara alls kvinnligt att bli så uppslukad av stunden. Och även han blev överväldigad, så till den grad att han friade av alla saker."

"Han friade? Men det är ju underbart!"

"Nej! Jag menar, ja, han friade, men det är fruktansvärt!"

"Hur så, min kära?"

En uppgiven suck undslapp Mary. "För att jag inte vet hans namn eller hans förbindelser. Jag vet inte om han kommer att bli godkänd av morfar, och jag vet inte om han ens har en far som kan godkänna hans handling."

Kusin Charlotte klämde uppmuntrande hennes arm. "Och ändå känner du dig levande när han är nära."

"Åh, herregud ja", sa Mary utan att tänka sig för. Hon vände sig om för att försäkra sig om att ingen var i närheten, att de inte hade blivit hörda. Vem kom gående på stigen bakom dem om inte mannen i fråga?

Mary väntade på att förlägenhetens hetta skulle slita genom hennes kropp. Istället övervanns hon av något annat. Något ljuvligt och förtjusande i att se honom igen. Även om de bara hade varit åtskilda i några minuter.

Kusin Charlotte höll Marys hand och neg lätt för honom. "Min herre, om era avsikter verkligen är hederliga, tror jag att ni har några hinder att övervinna innan fröken Callingsbrooke ger er ett svar."

"Så verkar vara fallet." Han bugade sig djupt och sträckte sig efter Marys hand. "Om ni gick med på att gifta er med mig, fröken Callingsbrooke, skulle jag göra det till min livsuppgift att göra er lycklig."

Mary lade sin hand i mr Smiths. "Jag skulle behöva veta betydligt mer om er för att kunna acceptera ert frieri."

"Det är ett pris jag är villig att betala", sa mr Smith. Han lutade sig över hennes hand och kysste varje knoge, vände sedan på handen och drog tillbaka handsken så att han kunde kyssa henne direkt på handleden.

Stötar av åtrå for genom Mary. Med ett stapplande andetag sa hon: "Det är sannerligen en rejäl vädjan." Med knän som inte kunde hålla henne upprätt sökte Mary efter en stol eller en bänk. Det fanns ingen, så hon nöjde sig med att luta sig mot en närbelägen staty.

"Det verkar som om mitt arbete här är slutfört?" sa Charlotte. "Jag ska informera vår morfar om utvecklingen. Jag är säker på att han kommer att bli mycket glad över att få ytterligare en sondotter förlovad."

Men med vem? undrade Mary, medan hon såg på mr

Smiths hypnotiserande ansikte. En liten del av hennes hjärna försökte uppbåda någon sorts varningssignal, men resten av henne ignorerade den glatt. Hon visste ingenting om den här mannen, förutom att om hon inte utforskade dessa okontrollerbara känslor skulle hon ångra det resten av sitt liv. Och det dög helt enkelt inte. När allt kom omkring, vad var meningen med en säsong om inte att finna en make? Och här var en kandidat som erbjöd henne just det.

Dessutom kunde han väl inte vara en fullständig skurk? Mary resonerade att mr Smith måste ha blivit inbjuden till kvällens bal, så det betydde att han måste ha någon sorts koppling till familjen för att överhuvudtaget vara här.

Om inte … tänkte hon för ett ögonblick. "Visa mig er inbjudan."

Han ryggade tillbaka och tog ett steg bakåt.

Hans reträtt fick henne att känna sig mindre än ett ljus som släcks. "Er inbjudan, så att jag kan se ert namn och få bekräftat att ni verkligen är bjuden. Jag vet så lite, och hur gärna jag än skulle vilja lära känna er bättre." Hon sträckte sig in i sin pompadour och tog fram ett kort. "Här är min. Som ni ser är den adresserad till lady Callingsbrooke, och matriarken i familjen Normiston har undertecknat den själv. Om ni vänligen vill förse mig med er inbjudan, så att jag åtminstone kan lugna mig med vetskapen om att ni verkligen har blivit bjuden."

"Förbaskat svårt att läsa i det här ljuset", sa han och sträckte sig efter en tändsticka att tända. Han stoppade sedan in handen i bröstfickan på sin jacka och tog fram vad som såg ut att vara ett vikt papper, av samma typ som Marys inbjudan.

Han strök en tändsticka mot statyn och lågan glödde starkt. Han höll den under Marys brev och nickade. "Ah, ja, allt detta verkar vara i sin ordning."

Självklart var det i sin ordning; det var ett äkta exemplar.

Han flyttade det gyllene skenet så att det lyste under hans egen inbjudan. Knappt hade Mary hunnit läsa den första raden "Familjen Normiston har den stora äran att inbjuda", förrän lågan brände igenom inbjudan, precis där mr Smiths förnamn skulle ha stått.

Hon grep tag i det för att skaka ut lågan, men när hon höll upp det mot månskenet var allt Mary kunde urskilja en bokstav F.

Rasande lät hon ett irriterat "Åh!" undslippa sig och kastade brevet på marken. "Det där gjorde ni med flit."

Han belönade henne med ett varggrin.

"Mr Smith, jag önskar er god natt!" Med de orden störtade Mary tillbaka till huset, ursinnig på denna irriterande man.

Och, om hon skulle vara ärlig mot sig själv, vilket hon inte var riktigt redo för än, ännu mer ursinnig på sig själv för att hon låtit den här fängslande mannen fängsla henne så fullständigt.

KAPITEL 6

Två soaréer, fyra eftermiddagsteer och en stor bal senare hade Mr Smith-Brown, vars förnamn började på F, fortfarande inte korsat Marys väg igen.

Hur vågade han sätta henne i brand och sedan överge henne till att stilla förtäras av lågorna?

"Mer te, kusin?", frågade Charlotte, som alltid den uppmärksamma förklädet.

Om hon drack mer te skulle hennes bakersta tänder börja flyta. De lyssnade på miss Stroud som spelade pianoforte. Ljudet av hennes sång dränkte alla möjligheter att behöva delta i samtal med de andra gästerna. Detta var bekvämt eftersom det innebar att Mary kunde luta sig mot Charlotte och mumla utan att bli hörd.

"Jag antar att du inte har några fler kort till den där klubben?"

"Är du så desperat efter att få träffa honom igen?"

Aj, den piken sved. "Desperat är inte det ord jag skulle välja", rättade Mary.

"Men det är utan tvivel korrekt?"

"Varför måste du ...", miss Stroud spelade sista tonen. Tystnad uppslukade rummet precis när Mary sa: "...retas med mig så?" Åh, alla tiders! Het förlägenhet strålade från varenda por när allas blickar föll på henne. Artigt applåderade de andra damerna, vilket fick Mary och Charlotte att göra detsamma.

Vilken fruktansvärd röra hon hade gjort av sin säsong!

För att inte genera sina värdar eller de andra gästerna tackade Mary ja till ännu en kopp te och uthärdade hela miss Strouds omfattande repertoar. Debutanten hade en näktergals röst, en balsam för Marys nerver. Allt sammantaget kunde hon uthärda fler sådana här dagar under sin säsong. Det var en enkel utflykt med tedrickande, artighetsfraser och sällskap av andra debutanter. Inget behov av att oroa sig för män, eller om hon skulle börja svettas i samma ögonblick som en av dem tog hennes hand. Minnet av hennes överhettade reaktioner på en enkel beröring fortsatte att förbrylla henne. Det dröjde inte länge förrän tankarna på Mr Smith dök upp objudna igen. Förbaskade karl!

"Du tänker på honom igen", mumlade Charlotte.

"Ändå försöker jag så innerligt att låta bli", mumlade Mary tillbaka.

"Jag kanske kan hjälpa till?"

Musiken tystnade och miss Stroud stirrade menande på Mary, medveten om att hon inte hade lyssnat. Mary applåderade framträdandet och reste sig. Resten av publiken ställde sig också upp och skapade en improviserad stående ovation. Nåväl, varför inte? Kvinnan hade spelat och sjungit vackert. Nu när hon var på fötter styrde Mary stegen mot dörren, desperat efter att få lätta på trycket efter alla koppar te. Tack och lov fanns det en husa några rum bort, med en bordalou som hon kunde ta med sig bakom ett draperi.

Eftermiddagen led mot sitt slut när hon återvände till salongen. Hon och Charlotte tackade sina värdar och tog farväl. Lakejen log mot Charlotte när han hjälpte henne upp på vagnsteget.

När kusken väl hade fått dem på väg hemåt frågade Mary sin kusin: "Varför gifte du aldrig om dig?"

"Och gå miste om allt det här roliga?", sa Charlotte med en blinkning. "Att vara änka ger mig så oerhört mycket frihet. Den största jag någonsin haft i mitt liv. Jag kan komma och gå som jag vill, jag kan och har haft en älskare eller två, och förutsatt att vi är diskreta behöver jag aldrig oroa mig för skandal."

Mary slog handen för munnen i chock och kvävde en flämtning. "En eller *två*!"

Ett vetande leende spred sig över Charlottes ansikte. "Bara en i taget, kära kusin. Även om jag känner till några som inte håller sig till sådana ... *begränsningar*."

"Du har lyckats chocka mig in i märgen", sa Mary. De två föll ihop i ett konspiratoriskt fnitter över hur vågade de lät, i avskildheten i sin egen vagn. När Mary hade hämtat sig tillräckligt torkade hon bort en glädjetår och frågade: "Är du inte orolig för ... tja, konsekvenserna?"

Charlotte såg rakt på henne. "Och vilka skulle de vara?"

"Tja, jag är oskyldig i allt sådant, men teoretiskt sett skulle konsekvenserna kunna vara ett barn. Eller en otäck sjukdom. Eller, antar jag, ett barn *med* en otäck sjukdom?"

"Vi har sådana åtgärder väl under kontroll", sa Charlotte. "Till exempel finns det vissa anordningar som kan hjälpa till att förhindra barnalstring." Hon sträckte sig ner i sin redikyl och rotade runt en stund. "Åh, jag har ingen med mig. Det var synd. Om du vill träffa Mr Smith igen får du be honom att skaffa en."

"En vadå?", frågade Mary och kände nya vågor av hetta skölja genom henne vid tanken på att träffa Mr Smith igen.

"Det är en barriäranordning, min kära, och du gör klokt i att veta hur man använder den. Den har räddat mig många gånger. Den verkar fungera mot både konsekvenserna av barnafödande och sjukdom. De kallar den för en *cundum* och den är gjord av torkad fårtarm och fästs med band under mannens testiklar."

Mållös. Chockad. Hennes hjärna lade av vid det

raka sätt på vilket hennes kusin just talade. Som om hon inte beskrev något mer än att lägga upp en plan för en köksträdgård. Mary satt i vagnen helt berövad klara tankar medan hennes lyckligt lottade änkekusin underhöll henne med historier om hur dessa *cundums* användes och var man kunde få tag på dem. Mrs Skarsgard skulle kunna hjälpa till att säkra ett förråd av dem, om hon skulle behöva. De kunde tydligen användas flera gånger, förutsatt att gentlemannen tvättade och torkade dem noggrant mellan varven.

Det var för mycket för Mary. Hjärtat slog alldeles för fort och hon flämtade ofrivilligt när hon försökte hänga med i sin kära kusins berättelser och bedrifter. Men allt blev för mycket. Vagnens gungande satte igång något lågt ner i hennes mage, vilket utlöste nya vågor av de där pinsamma pulseringarna av fukt och svett.

Plötsligt lade hon märke till det förändrade landskapet utanför och blinkade hårt. "Vänta ett ögonblick. Det här är inte den vanliga vägen hem."

Charlotte sa: "Det är nog bäst att vi drar för gardinerna, min kära. Vi är snart framme."

"Framme var?"

Charlotte blinkade. "Dra för gardinerna nu, snälla rara du."

Mary gjorde som hon blev tillsagd och drog tyget för fönstret på sin sida av vagnen, medan Charlotte gjorde detsamma på sin. Mörkret omslöt vagnens inre, och hon kunde bara urskilja den vaga formen av sin kusin som satt bredvid henne. Snart saktade vagnen ner och stannade.

"Det är här jag lämnar dig, min kära", sa Charlotte.

"Men var är det här? Och ... kommer du att klara dig? Jag är inte ens säker på vilket område vi är i. Jag kan höra fiskmåsar. Är vi nära hamnen?"

"Det kommer att gå bra för dig. Stanna här, så tar jag mig hem på egen hand. Jag har en vän här som ska göra dig sällskap." I och med det lämnade Charlotte vagnen. En strimma av sent eftermiddagsljus bröt igenom den öppna dörren, och den välbekanta gestalten av Mr Smith klev in.

Han stängde dörren och stack en käpp genom handtaget så att en utomstående inte skulle kunna ta sig in.

Marys hjärta slog en tatuering och gjorde hennes blod tjockare. På grund av bristen på utrymme i vagnen tryckte hon in sig i hörnet. "Vad gör ni?"

"Jag är fruktansvärt ledsen för den ovälkomna överraskningen. Det var inte min mening att skrämma er." I mörkret lyfte han på hatten och satte sig diagonalt mittemot henne, och gav henne så mycket utrymme som det mysiga utrymmet tillät.

"Varför låste ni in oss?"

"Fruktansvärt ledsen", han tog tag i käppen och drog ut den så att dörren lätt kunde öppnas igen. "Jag ska sitta längst bort från den, om ni så önskar, och ni kan ha tillgången."

De bytte plats så att Mary kunde nå handtaget och stiga ur om hon skulle behöva. Men det skulle lämna Mr Smith i hennes kusin Charlottes vagn. Och eftersom hon inte visste var de var, skulle hennes chanser att hitta hem vara små om hon smet ur vagnen och stannade utanför.

"Var är min kusin nu?"

"Hon mår alldeles utmärkt. Hon besöker klubben och är absolut inte i någon som helst fara, för att besvara er nästa fråga. Även om en del herrar riskerar att få sina hjärtan krossade. Vet ni hur många frierier hon har fått den senaste fjorton dagarna? Om det är färre än ett dussin, då ska jag äta upp min käpp."

Ett fniss undslapp henne. Mary förbannade sina känslor. I den mörka vagnen var det kanske lättare att slappna av något. Om det hade varit en främling som hade klivit in och tagit sig friheten att blockera utgången, skulle hon ha skrikit och sedan sparkat ut ett fönster i desperation. Men det var Mr Smith, och att vara i hans närhet fick henne att känna sig vågad och samtidigt, på något sätt, trygg.

"Min käre Mr Smith, jag tycker det är dags att vi berättar några sanningar för varandra, tycker ni inte?"

Vågad och modig. Han och kusin Charlotte hade uppenbarligen arrangerat detta möte, vilket betydde att han måste ha fått änkans godkännande.

Mr Smith placerade sin hatt på sätet bredvid sig och lät sina ben falla isär lojt, och tog upp alldeles för mycket plats. "Jag svarar på vilken fråga du vill, i utbyte mot att du svarar på en av mina."

"Överenskommet", accepterade Mary villkoren. "Min första fråga till dig måste bli ditt förnamn. Var snäll och uppge det."

"Självklart. Det är Fergal."

"Fergal." Mary rullade det runt i munnen och gillade känslan av det. "I så fall får du kalla mig Mary, och om vi ska bli vänner kan det en dag utökas till att du får kalla mig Molly, vilket jag ganska mycket tycker om, men bara om det är Charlotte som kallar mig det. Min guvernant, inte lika mycket. Åh, herregud, jag svamlar. Nå, Fergal, kan du vara snäll och låta mig veta ditt verkliga efternamn?"

"Mitt efternamn är Sheridan."

Hans ord omslöt henne med värme. "Mr Fergal Sheridan. Nå, det var väl inte så svårt, mr Sherid... ooh!", flämtade Mary. "Du är Fergal Sheridan, skådespelaren!"

"Den ende och den rätte. Och just därför kan jag inte använda mitt riktiga namn i de fina salongerna. Jag är skådespelare och jag är irländare. Två skurkar till priset av en."

Chocken gjorde Mary stum medan vagnen rullade framåt och hästen klapprade fram längs gatorna. Med en skakning på huvudet sa Mary: "En irländsk skådespelare. Och du hade fräckheten att be om min hand?"

"Du är gudomlig, Mary, och jag skulle vara en dåre

om jag inte bad dig att gifta dig med mig varje dag tills du säger ja." Vid det laget föll han på knä i fotutrymmet. "Snälla, lady Mary Callingsbroke, vill ni göra mig äran att bli min hustru?"

"Mr Sm... mr Sheridan –"

"Kalla mig Fergal, är du snäll."

"Fergal." Han hade ett sådant vackert namn.

"Ja, min käraste?"

"Jag ska svara dig när du ger mig sanningen. Varför så bråttom? Finns det något arv som bara en framtida äkta son kan göra anspråk på?"

Han sjönk tillbaka i sätet och suckade. "Jag är dig sanningen skyldig. Ja, jag har bråttom att gifta mig, och tro mig, du har vänt upp och ner på min värld. Även om jag inte hade ett sådant familjetryck vilande över mig, skulle jag ändå önska att vi gifte oss på ett ögonblick."

Mary gillade hans ärlighet, om det nu kunde kallas så, eftersom den smickrade hennes fåfänga. Men det fanns mer, och hon visste att om hon väntade, skulle sanningen till slut avslöja sig.

De satt i den mörka vagnen medan den skumpade fram längs gatorna, var och en väntande på att den andra skulle tala. Till slut sa hon: "Fortsätt."

"Okej. Min far har arrangerat så att jag ska gå in i prästämbetet. Och jag har inget som helst kall. Han vill ha mig bort från teatern och in i biktstolen."

"Tror du inte på den Allsmäktige?", frågade Mary.

"Jo, i högsta grad, men jag anser inte att jag på något sätt är en lämplig kandidat. Katolska präster måste leva i celibat. Det skulle inte passa mitt temperament. Tyvärr verkar det som om min fars önskningar och hans kontakter skulle väga tyngre än min enorma olämplighet för rollen."

Ett skratt undslapp Mary. "Aha! Och om du gifter dig med mig, en anglikan, skulle det lösa alla dina problem."

"Ja, det finns ju den saken", medgav han. "Men det skulle också göra mig till den lyckligaste mannen i världen, så länge du var vid min sida och i min säng."

Mary lutade sig fram och kysste honom på munnen, varmt, bestämt, och skickade vågor av njutning genom henne när de skumpade över ett hål i vägen.

Hon drog sig tillbaka och sa: "Ge mig din käpp."

Han räckte över den.

Hon stack den genom dörrhandtaget igen och låste in dem. "Bra, nu blir vi inte störda."

KAPITEL 7

Hetta uppfyllde henne när hon lutade sig fram och tog hans ansikte i sina händer. Det var mörkt i vagnen, och den gungade medan de färdades – men vart de var på väg var ett fullständigt mysterium. Mörkret bidrog till deras intimitet och den spännande stämningen. Han skulle åtminstone inte se hur intensivt hon måste rodna. Och det var hon tvungen att göra, att döma av hettan som pumpade genom hennes kropp.

Och fukten i hennes händer.

Och den plötsliga pulsen långt ner i magen, som fick henne att känna sig levande och upprymd.

"Jag tror jag vill ha dig", sa hon, och blev förvånad över att höra sina innersta tankar studsa mot dynorna och nå hennes öron.

Han flyttade sig närmare och svarade: "Och jag vet att jag vill ha dig."

Andetagen var ansträngda och ytliga. "Jag tror vi kommer behöva en ... en cambam?"

Han pressade ihop läpparna, men skrattade inte åt hennes oskyldiga feluttalning. "Menar du ett *envelope Francais?*"

"Ja, en sådan."

"Det ska vi inte", sa han och lade sin hand på hennes lår.

Den brände genom lagren av kjoltyg och muslin och svedde hennes hud.

"Men jag vill inte få ... konsekvenser."

"Min älskade, jag skulle aldrig göra så mot dig. Vi kan göra en hel del saker utan konsekvenser."

"Kan vi?"

"Javisst, det kan vi absolut. Vi kan till exempel kyssas, så många gånger vi vill, och det kommer inte att bli några konsekvenser."

Hans läppar fångade hennes. Chockvågor spred sig genom hennes kropp, ända ner till tårna. Hon sparkade av sig tofflorna och krökte tårna i sublim extas. Men hur tillfredsställande det än var, brände något starkare längre ner och fick henne att skruva på sig i sätet.

"Vill du att jag ska göra mer än att kyssa dig?"

Hur spännande kyssarna än var behövde hon mer. "Åh ja, ja tack."

Det fanns något så underbart vackert med den här mannen, den här mannen som kunde få hennes kropp att pulsera. De var inlåsta, så det fanns ingen risk att bli upptäckta, och Fergal var så otroligt tålmodig och varsam med henne att hon kände sig fullständigt trygg och i kontroll.

För första gången i sitt liv hade hon något att säga till om vad som hände henne. Det var så befriande att hon ville skrika av glädje.

"Min älskade, får jag lyfta på din kjol?" sa Fergal, med en röst som spann av förväntan.

"Åh, ja tack."

Med båda händerna tog han tag i tygets kanter och förde dem långsamt högre upp, tills hennes knän var helt blottade. Han strök med handflatorna mot den bara huden på hennes innerlår, och gled lite upp och ner.

Av egen vilja säärade hon på benen. Hennes ögon, som hade vant sig vid mörkret, kunde se glimten av förväntan i hans.

"Och du lovar att detta inte kommer att leda till konsekvenser?"

"Det lovar jag. Min älskade, jag skulle inte skada dig på något sätt. Det garanterar jag."

"Hur?" andades hon. "Hur kan du garantera det?"

Han kysste hennes innerlår. Det sved mot huden och sände de starkaste stötarna genom hennes kropp.

Det fanns en brådska i det hela nu, något hon sträckte sig efter men inte kunde få grepp om. Han tog god tid på sig att kyssa henne mellan benen och rörde sig långsamt i sicksack när han klättrade högre och högre mot hennes skrev.

Vagnen skumpade över ojämn mark. Mary flämtade till. Hon sträckte sig efter handtaget och höll i sig, medan Fergals händer grep tag i hennes skinkor. Hon drog upp benet på sätet och blottade sitt allra mest privata ställe för honom.

Han satte munnen mot hennes kön och sög.

Mary skrek. Hennes kropp ryckte till och skälvde. Ren sinnesnjutning fyllde henne när Fergal slickade och sög och försatte henne i den mest ljuvliga vånda. Den fortsatte att byggas upp. Pulsen bultade i hennes öron, hjärtat slog mot revbenen. Det var omöjligt att andas. Fergals grepp om henne blev hårdare. Han sög hårt igen och hon spratt till och krängde.

Ett skrik undslapp henne. Kanske hade hon hädat, kanske hade hon ropat hans namn, eller kanske hade hon talat i tungor. Hela hennes kropp verkade dras samman till storleken av ett fragment innan den exploderade.

Hon flämtade, andetagen kom tunga och snabba, hennes hjärta bultade när världen rusade tillbaka till henne.

"Åh." Hela hennes kropp säckade ihop, benlös. "Vad ... var det där?"

Från sin plats mellan hennes ben kysste Fergal hennes lår en gång till och torkade sedan munnen med hennes linne. "Jag tror jag har förlöst dig med en orgasm, min älskade."

Hon kände tygbitar dutta mot sitt kön när han torkade henne. "Åh, herregud. Det var ... vidunderligt."

"Du är vidunderlig", sa han och duttade på henne. "Mirakulös."

Hennes hud svalnade, och han lade prydligt kjolarna över hennes ben.

"Och du är säker på att jag inte kommer att bli med barn nu?"

"Åh, min älskade, vet du inte det? Men naturligtvis inte, ingen har berättat för dig. Du kan inte bli med barn", han satte sig upp bredvid henne och knäppte upp sina byxor framtill. Marys ögon blev stora och hennes mun föll upp när han befriade sin penis. "Den här snyltgästande idioten", sa han och pekade på sin kuk, "måste vara där min mun nyss var, och han måste spilla all sin säd djupt inuti dig för att det ska hända."

Mary kunde inte slita blicken från den tjocka köttstaven som stack ut från en bädd av lockar. "Den där?"

"Ja."

"Ska in i mig?"

"Javisst. Och den kommer att vara täckt när vi gör det, för att förhindra att säden spills inuti dig och orsakar komplikationer."

"Får jag röra den?"

"Min älskade, jag trodde du aldrig skulle fråga."

KAPITEL 8

Två dagar senare satt Mary och läste i mottagningsrummet i Callingsbrooke House, medan tankarna snurrade av minnena från vagnfärden med Fergal. Han hade varit så tålmodig med henne och besvarat så många frågor öppet och ärligt. En puls började slå långt ner i magen vid varje minnesbild. Deras händer som utforskade och dyrkade varandra. Det spännande äventyret i att söka och ge njutning. Han hade lovat att det fanns så mycket mer de kunde göra när de väl var gifta. En rysning ilade mellan hennes lår vid tanken på vad det kunde innebära.

"Goda nyheter!" Mamma kom instormande, spetsen på hennes hätta darrade nästan lika mycket som brevet i hennes hand. "Cliveshire har bett om din hand! O, lyckliga dag! Det sista av barnbarnen är trolovat!"

Så mycket information i ett enda andetag att Mary

tillbringade flera mållösa sekunder med att reda ut allt i huvudet. Ja, hon var "sista av barnbarnen" att bli trolovad, inte för att de var så många från första början – bara hon själv och kusin Charlotte. Charlotte hade redan gift sig och begravt sin man. Men mannen som kom med anbudet? Det här måste vara ett misstag.

"Cliveshire?"

"Ja, min älskling, baronen av Cliveshire har faktiskt bett din morfar om sin välsignelse, och din morfar har samtyckt! Det går inte en dag utan att jag saknar din käre pappa, särskilt i stunder som denna. Han skulle vara så stolt över dig, min älskling. Bra gjort!"

Hennes far, Gud vare hans själ nådig, hade varit den tredje sonen och hade köpt sig en officersfullmakt och rest till kontinenten för att slåss mot Napoleons styrkor. Han hade dött tillsammans med halva sitt regemente. Inte på slagfältet, utan under ett särskilt elakartat utbrott av dysenteri. Men som anglikan hade han åtminstone inte förväntats bli en celibatär präst, vilket var det öde som nu väntade käre Fergal.

Marys hjärna fastnade igen vid detaljerna. "Cliveshire?"

"Varför är du på det här viset?" fräste mamma. "Du dansade ju med honom på din allra första bal den här säsongen. Du gjorde uppenbarligen ett strålande intryck."

"Nej, mamma, jag gjorde ett *fruktansvärt* intryck. Han nästan hånlog åt mig när vår dans var över, och han sökte inte upp mig igen. Han har inte heller tagit någon ytterligare kontakt med mig under de många dagar som har gått sedan dess."

"Det spelar ingen roll, han har bestämt sig", sa mamma, som om hon just hade vunnit en väldig ordstrid och gått segrande ur den. "Viktigast av allt, älskling, är att *vi* har bestämt oss. Tänk att min dotter ska bli baronessa! Lady Cliveshire! Så oerhört spännande."

"Nej, mamma. Han, och därmed morfar och du, måste ha missförstått alltihop. Jag kan inte tro att han skulle be om *min* hand efter ett sådant uselt möte. Han verkade tycka väldigt illa om mig." Det här kunde inte vara sant. Det fick inte vara sant!

Mamma tryckte upp brevet i ansiktet på Mary. "Läs själv, han verkar ha ändrat sig i frågan."

Mary tog brevet från sin mammas stadiga hand med sin egen darrande och öppnade de slitna vecken för att börja läsa. Sigillet var brutet sedan länge, vilket hon hade väntat sig, då hon stod så lågt i familjens hierarki. Hennes morfar hade varit den första att läsa innehållet, sedan möjligen hennes äldste morbror, sedan hennes mor och nu hon.

"Käre sir Hugh,

Jag ber er härmed att bevilja mig er sondotters hand, med en ceremoni på ett datum som passar er.

Högaktningsfullt,
Cliveshire."

"Han använde inte ens mitt namn!" utbrast Mary förtvivlat. "Hur vet vi ens att det är mig han menar? Han kan lika gärna vara ute efter Charlotte."

Det fanns inte en chans att han verkligen ville gifta sig med henne. Något fruktansvärt måste ha hänt Cliveshire för att han skulle göra ett sådant uselt försök till uppvaktning. Inget av detta var det minsta logiskt.

Mamma puffade till en kudde och satte sig sedan bredvid Mary. "Charlotte är redan änka och behöver inte din morfars tillåtelse för trolovning. Och hur som helst är det inte henne det här frieriet gäller."

Nu vädjande, "Det måste vara ett misstag. Mamma, ser du inte det?"

Mamma ryckte tillbaka brevet. "Då är det bäst att du tackar ja innan han ändrar sig!"

Mary andades långsamt och levererade vad hon hoppades var ett fast beslut. "Jag vill inte tacka ja till honom."

"Och du gör bäst i att ändra dig!" small mamma tillbaka.

Ett surrande ljud fyllde hennes öron när frustrationen tog över. "Mamma, snälla. Jag tycker inte ens *om* honom."

Det var inte helt sant. Mary hade faktiskt tyckt lite

för mycket om honom. Till en början. Stilig, välproportionerlig och med ett huvud fullt av ljusa lockar var han ett praktexemplar. Men tyvärr hade han varit så kortfattad mot Mary att hon inte trodde att han önskade mer av hennes sällskap. Om han inte stod ut med en dans till med henne, hur skulle de då kunna komma överens i ett äktenskap? Han må ha tänt en gnista inom henne med sina vackra drag, men det var Fergal Sheridan som verkligen hade väckt hennes själ till liv.

Mamma vek ihop brevet och gick mot sekretären för att lägga det i säkert förvar. "Tycke har ingenting med saken att göra. Tycket kommer senare, och du kommer att tycka väldigt mycket om hur han försörjer sin fru och sina utan tvivel vackra framtida barn. Du kommer att vara så upptagen med dem att du inte kommer att bry dig."

Mary var tvungen att sätta stopp för det här, omedelbart. "Tänk om någon annan redan har bett om min hand?"

Mamma stelnade till och sa ingenting.

Med sitt sista mod sa Mary: "Och jag är benägen att tacka ja?"

Mamma slog igen lådan med en smäll och vände sig om på klacken. Om hennes blickar kunde döda skulle Mary nu inte vara mer än en askhög. "Det. Har. Du. Inte."

"Jag har inte tackat ja, det är sant. Men jag har fått ett frieri."

"Vad är hans titel?"

Ah, nu kom de till saken. "Han har ingen. Eller åtminstone ingen som jag känner till."

"Gör mig inte så förargad", sa mamma. "Om han vore en markis eller en earl skulle din morfar kanske överväga ett sådant arrangemang. Om han vore en hertig skulle jag själv skicka iväg dig till honom på stört."

Mary granskade sina händer och sa ingenting. En irländsk man kunde ändå inte ha en titel, det fungerade inte så. Om han inte kom från en av de mycket gamla katolska familjerna, men även det verkade osannolikt.

Mamma kom närmare och frågade: "Är han då ens en gentleman med god förmögenhet?"

Mary tog ett djupt andetag och suckade. "Jag vet inte", erkände hon. Vad för slags förmögenhet hade skådespelare egentligen?

"Och hans ställning?"

Det skulle inte duga att dölja detta för mamma. Hon skulle få reda på det till slut, så det var bäst att avslöja allt nu. "Han är irländare."

Mamma flämtade till. "En papist!"

Mary fortsatte envist: "Och skådespelare."

Mammas mun föll upp som en kippande fisk på torra land. Ett kvävt läte av smärta och svek kom ut istället för ord.

Mary erkände: "Allt jag vet är att jag känner mig levande när jag är med honom."

Mamma grep tag i sin dotters axlar och skakade henne. "Se på mig, barn!"

Chockad av sin mors ilska förblev Mary tyst.

"Vad har han gjort?" krävde mamma.

Mary kunde inte få fram ett ord.

"Har han fördärvat dig? Är du redan skadad?"

Han hade lovat henne att det inte skulle få några konsekvenser, och hon hade trott honom. Allt hon kunde göra var att skaka på huvudet och muttra: "Det har han inte", medan hettan steg bakom ögonen.

Något pulserade långt ner i hennes mage. Fler efterskalv skakade henne vid minnet av vad de hade gjort tillsammans.

"Tack och lov för det", sa mamma. "Du är bara dotter till en tredje son. Din dygd är det enda du har av värde att byta med, och din blygsamma hemgift. Om du träffar honom igen, om någon ser dig med någon annan man än Cliveshire igen, kommer det att bringa fördärv inte bara över dig, utan över *hela* familjen. Du måste lova mig att du aldrig mer träffar honom."

Tårarna suddade ut hennes syn. "Det är inte så!"

"Jag bryr mig inte om hur det *är*. Du får aldrig träffa honom igen. Du har visat mig att du absolut inte har något omdöme när det gäller att vara i närheten av män. Du ska stanna på ditt rum och du får bara lämna det när Cliveshire kommer för att uppvakta dig."

Mary sjönk ihop mot möbeln och tårarna rann tyst.

"Gråt inte, du förstör ditt ansikte!" skällde mamma. "Och tyget. Gå nu till ditt rum."

"Men vad sägs om –"

"– Pigorna kommer att bära upp matbrickor till dig och ta dina nattkärl."

"Jag menade, vad sägs om resten av min säsong?"

Mamma rätade på sig i sin fulla längd och skakade på huvudet. "Du behöver inte vara ute mer den här säsongen. Du har säkrat intresset från baronen av Cliveshire, och han har bett om din hand. Din säsong är *över*."

Med världens tyngd på sina axlar släpade sig Mary uppför trappan till sitt rum.

Hennes sovrumsfönster vette mot baksidan av huset, så hon kunde inte ens se ut på gatan för att se om någon passerade nedanför. Hon ägde inte heller några mynt som hon kunde sticka till sina pigor för att muta dem för nyheter från omvärlden. Eller för att få ett meddelande till Fergal.

Hon skulle skriva till honom ändå. Han var tvungen att få veta att hon hölls fången i sitt eget familjehem.

En strimma av hopp fanns kvar. Mary höll fast vid den hårt och lät hoppet bli fast och sant. När Cliveshire så småningom kom på besök, skulle han be om Charlottes hand, inte hennes. Det var vad som skulle hända. När det missförståndet var uppklarat skulle hon vara fri att återuppta sin säsong och sina förehavanden med Fergal.

Charlotte skulle förstås neka honom. Det tvivlade Mary inte på. Charlotte var en förnuftig kvinna som hade förklarat att hon aldrig skulle gifta om sig. Eller något i den stilen. Det var svårt att få ordning på tankarna med så många bin som surrade i huvudet.

Hoppet upprätthöll henne. Allt detta måste redas ut snart. Det fanns inte en chans att hon skulle sluta som gift med Cliveshire. Det kunde inte hända. Men det måste redas ut snabbt, annars skulle Fergal skickas iväg till prästseminariet eller vad nu hans kyrka skickade män till, och hon kanske aldrig skulle se honom igen.

Tänk om han skickades hela vägen till Rom?

En isande skräck for genom henne. Inget i världen skulle hindra henne från att träffa Fergal Sheridan igen. Inte baronen av Cliveshire, och definitivt inte hennes rasande mor.

Hon tog ett pappersark och började skriva ner allt hon hade på hjärtat. När arket sedan var fullt spädde hon ut sitt bläck och skrev tvärs över sidan, för hennes hjärta hade verkligen mycket att ösa ur sig.

Senare samma eftermiddag anlände Charlotte till familjens hus för att ta med Mary på hennes nästa bal.

Mary förmodade detta eftersom hon, trots att hon var inlåst i sitt rum och inte kunde se sin kusin, kunde höra sin mors röst ända nerifrån trappan. Utan tvekan höjd tillräckligt mycket för att hela hushållet och all personal skulle kunna höra henne.

"Hon är opasslig och kommer inte att närvara vid några fler offentliga tillställningar inom överskådlig framtid."

Det skulle nog visa sig! "Nej, det är jag inte!" ropade Mary genom springan under dörren. "Hon har förbjudit mig att lämna huset!"

Fotsteg hördes i trappan. Två par, av ljudet att döma. Charlotte måste ha hört henne och var på väg till undsättning!

Bra. Hennes kusin skulle överlämna hennes brev till Fergal via klubben.

Medan hon fortfarande ropade genom springan, skrek Mary: "Jag är här inne, Charlotte, mamma har låst in mig."

"Lås upp dörren omedelbart, fru Callingsbrooke." Det var Charlotte, och hon lät fantastiskt myndig. Så underbart att vara änka, att ha sådan makt att kunna befalla andra att göra saker. Om Charlotte fortfarande hade varit ogift skulle de båda ha varit utlämnade åt hennes mors illvilja.

En nyckel vreds om i låset. Mary rätade på sig och tog ett rejält kliv bakåt. Dörren öppnades ett ögonblick senare. Om hon hade legat på golvet skulle hon ha fått dörren i ansiktet.

I samma ögonblick som Charlotte kom in, omfamnade Mary henne varmt. Tårar av lättnad hotade att bryta fram, men hon hade redan gråtit sig dum och det verkade inte finnas någon reserv kvar. "Tack gode Gud att du är här. Mamma har förbjudit mig att gå ut tills Cliveshire kommer."

"Av goda skäl", avbröt mamman. "Den dumma flickan har kasta sig efter en fullständig nolla. Det kan jag inte tillåta."

Charlotte blinkade åt Mary och vände sig sedan mot mamman. "Er dotter är en förnuftig ung kvinna. Låt oss reda ut detta missförstånd så att min kusin och jag kan göra oss i ordning för kvällens bal."

"Hon kommer inte att lämna det här huset förrän Cliveshire kommer på besök. Vi väntar honom när som helst. Jag trodde faktiskt att ni var han. Om jag hade sett att det var ni, skulle jag ha beordrat Brown att inte öppna dörren."

"Skulle ni avvisa er egen släkt? Fru Callingsbrooke, har det blivit så illa? Svara inte, det var en retorisk fråga. Lämna oss nu så ska jag tala med Mary i enrum."

"Hon kommer inte att lämna det här huset. Hennes morfar har gett sitt godkännande för Cliveshire att uppvakta Mary, och uppvakta henne kommer han att göra."

Charlotte bet sig tankfullt i insidan av kinden. Sedan tog hon mamman i armen och ledde henne ut ur Marys sovrum. "Det må så vara, men så länge Mary är ogift är jag fortfarande hennes officiella förkläde. Få mig inte att hävda min rang, *fru* Callingsbrooke."

"Sj-självfallet, Lady Durham", stammade mamman, som om hon plötsligt mindes skillnaden i deras ställning.

Med det vinkade Charlotte adjö till kvinnan och stängde dörren framför näsan på henne. Sedan vände hon sig till Mary och sa: "Ta tag i sängen."

Mary svalde och gjorde som hon blev tillsagd. En rysning av spänning for genom henne över hur dumdristiga de var som trotsade hennes egen mor på det här sättet. Men det var också sant. Hennes mor var visserligen änka, men hon var bara änka efter en tredje son. Charlotte hade gift sig med en hertigs andre son. En sjuklig andre son, hade det visat sig, men hurra för rangen.

Med sängen säkrad tvärs över dörren var de säkra från att mamman eller någon i personalen skulle kunna tränga sig in. "Snabbt nu, berätta vad som har hänt", sa Charlotte med låg röst. Hon hällde vatten från kannan i tvättfatet från hög höjd för att skapa störande ljud.

Mary höll också rösten låg och återgav de spännande och lockande detaljerna från sitt möte med Fergal i vagnen, och avslutade med: "Du förstår varför han måste gifta sig i hast."

"Håller med", sa Charlotte. "Som det ser ut måste du också gifta dig snabbt. Har du skrivit till honom sedan du blev inspärrad?"

"Ja, här är det, fast jag har inget sigill." Mary tog fram sin epistel.

Charlotte tog ett annat pappersark och slog ner det på byrån. "Skriv ett till, men den här gången gör du slut med honom. På så sätt, om din mamma misstänker att du försöker få igenom meddelanden, ger jag henne det felaktiga."

"Åh, du är så väldigt smart."

"Jag vet!"

Mary doppade pennan i bläcket och skrev snabbt.

Käre herr Smith,

Jag kräver att ni aldrig mer närmar er mig, ej heller efterfrågar mitt sällskap. Omedelbart.

Inte er tjänare,

Mary Callingsbrooke.

Charlotte tog emot brevet och stoppade ner det i sin handväska. "Nu, kära Mary, vill jag att du hjälper mig med sängen och sedan vill jag att du kastar dig på den och gråter med en sådan våldsamhet att själva molnen blir avundsjuka."

De flyttade sängen. Charlotte nickade för att föreställningen skulle börja.

Mary kastade sig på täcket, jämrande och klagande över hur orättvist hennes liv hade blivit, och proklamerade högljutt att kusin Charlotte inte hade något hjärta.

Mammans röst hördes in i rummet: "Är allt väl där inne?"

Mary fortsatte att snyfta ner i kuddarna och jämra sig för god ordnings skull.

Charlotte ropade tillbaka: "Jag har visat henne hur fel hon har handlat, fru Callingsbrooke. Hon kommer att upphöra med kontakten med den andre gentlemannen. Jag kan försäkra er att hon kommer över detta lilla bakslag och blir en god hustru till ett passande parti. Jag hör också att gratulationer är på sin plats?"

Mammans röst: "Det blir de, så länge hon sköter sig."

Charlotte öppnade dörren och meddelade mamman: "Hon kommer att sköta sig. Det kan jag försäkra er. Låt henne nu gråta ut ett tag så kommer allt att bli bra."

Mamman frågade: "Hur vet jag att ni talar sanning?"

Mellan de låtsade snyftningarna och tårarna missade Mary nästa replikskifte, men hon hörde papper prassla och gissade att det måste vara Charlotte som visade hennes mor brevet. Det falska, det som krävde att de skulle bryta.

Det var omöjligt att lyssna *och* snyfta, så Mary satte sig upp och torkade ansiktet. Sedan gick hon till sitt tvättfat och stänkte lite vatten på handlederna och baddade kinderna med en servett. "Det är bra nu mamma, jag förstår hur fel jag har handlat."

"Det var trevligt, kära du", sa mamman, och sedan gick hon och Charlotte.

En nyckel klickade i låset och Mary var återigen ensam och utestängd från världen.

Den här gången kastade hon sig på sängen och grät på riktigt.

Hade inte knepet fungerat? Inte alls?

Eftermiddagen förflöt. Cliveshire dök upp någon gång efter att klockan slagit fem slag.

Mary var försiktig. Hon visste att han inte var här för hennes skull, men hon var tvungen att visa sig. Det skulle snart vara över; han skulle förklara att han ville ha hennes kusin, och hon skulle skickas tillbaka till sitt rum för att invänta räddning av Fergal.

De satt där, hon i en stol i ena änden av rummet. Cliveshire i den andra, mamman någonstans däremellan på en schäslong.

En tjänare kom in med te och Mary lämnade sitt på mittenbordet, i vetskap om att detta snart skulle vara över så fort de hade rett ut missförståndet. "Jag beklagar fruktansvärt att min kusin Charlotte inte är här för att ta emot er", vågade hon sig på att säga.

Cliveshire rynkade sin ganska stiliga panna, men det var ändå inte en panna som lockade henne. "Varför skulle jag vilja ha Charlotte här?"

Inte vad Mary hade förväntat sig. "Jag trodde ni ville be om hennes hand?"

Han ställde ner sin tekopp och vinklade kroppen mot henne. "Ni misstar er. Jag är här för att be om *er* hand." Sedan tillade han: "Ni kanske vill torka den först."

Oförskämda karl! En het vrede strömmade genom hennes kropp. Hennes ansikte måste vara rödare än en rödbeta. "M-min?" stammade hon.

"Ja, ni är Callingsbrookes sondotter. Finns det någon annan jag har missat?"

"Jag trodde in-" Mary granskade sina händer. De var åtminstone torra, vilket i alla fall sa något om hennes upprörda känslor att hon inte längre var nervös i denna stilige mans sällskap.

Mamman klappade i händerna. "Så underbart. Vi måste lysa för äktenskapet vid första bästa tillfälle."

"Redan gjort, frun", sa han. Sedan vände han sig till Mary: "Jag hoppas verkligen att ni blir lycklig."

Mamman avbröt: "Hon kommer att bli den lyckligaste brud ni någonsin sett."

"Det är jag säker på att hon blir", sa Cliveshire, tog en klunk av sitt te och tittade på henne över kanten.

Ett eko av *Nej, nej, nej,* genljöd i Marys huvud. Allt detta var fel. Hur kunde han be om *hennes* hand? Hur kunde han låtsas vara så glad när deras tidigare (och enda) möte hade varit så fruktansvärt hemskt?

Hur hade hon kunnat missa denna utveckling?

Tja, Fergal hade distraherat henne så fullständigt att hon förmodligen hade missat en hel del av allt annat som hänt den här säsongen. Men detta frieri hade tagit henne fullständigt på sängen.

"Jag är ... öh..." började hon.

"Överväldigad av känslor", sa mamman, hjälpte Mary på fötter och ledde henne ut ur rummet. "För mycket spänning. Hon skulle behöva lägga sig ner."

När de kom ner för trappan sa Cliveshire: "Er mor måste komma och bo hos oss, för att försäkra sig om att hon alltid har någonstans att bo, med familjen."

Hon vadå?

Mamman svarade för Marys räkning. "Ni är sannerligen en sann gentleman, som oroar er för mitt välbefinnande", sa mamman. "Jag tackar er från djupet av mitt hjärta. Jag accepterar tacksamt ett så generöst erbjudande."

KAPITEL 9

I en dimma av förvirring hasade Mary till sitt rum. Hon stängde dörren. Kanske undslapp en suck henne, kanske inte. Det fanns ingen medveten tanke alls, bara en underlig, riktningslös drift, som om hon inte var mer substantiell än en trasa.

Efter andra liknande förvirringar i det förflutna kunde hon ha sökt råd hos en nära vän som kusinen Charlotte, eller tagit sin tillflykt till bön. Men händelserna som just hade utspelat sig i salongen hade chockat henne till ett sådant domnat tillstånd att hon inte ens kunde uppbåda den tankeprocess som krävdes för att hitta penna och papper.

Att skriva ner någonting var bortom hennes förmåga.

Fungerade hennes lemmar längre? Hon satte saken på prov och fann att de kunde föra henne till sängen.

Hon sjönk ner på den, fullt påklädd inklusive skor, och blev bara liggande där.

Inte ens sömnen tog henne, vilket skulle ha hjälpt till att fördriva tiden.

Vad betydde ens själva tiden i ett sådant omtöcknat tillstånd?

Där hon låg, med kroppen spänd av chocken från alltihop, började hon andas. Att lyssna på sina andetag hjälpte något, och hon beundrade det lätta visslandet när luften väste in och ut genom hennes näsa.

Sammanhängande tankar tog sakta form.

Denna trolovning skulle inte bli av.

Hon skulle söka sin mors råd på morgonen. Även om det hade varit hennes mor som hade styrt in henne på denna kurs, så skulle hon inse att de inte passade bra ihop. Det skulle finnas någon annan som inte såg ner på henne med förakt och hånade henne.

Detta var dock inget att göra i hast. Det var en sansad diskussion som bäst fördes efter en natts vila och en ordentlig frukost.

Över en måltid skulle vara det bästa sättet att diskutera saken med sin mor. Middagen ikväll skulle vara för tidigt. Mamma skulle vara helt uppe i varv långt in på kvällen. Cliveshire hade sagt något om att redan lysa för dem, men det kunde göras ogjort. De hade flera veckor på sig att oroa sig för det. Åtminstone hade han inte skaffat ett särskilt tillstånd.

Fergal hade förmodligen inte flera veckor till övers.

När han väl hade avlagt sina prästlöften var Mary tämligen säker på att de skulle vara svårare att bryta än en gordisk knut.

En annan tanke dök upp i hennes huvud. Hur skulle hon och Fergal gifta sig, och var? Kanske skulle de göra något desperat romantiskt, som att fly norrut till Gretna Green. Hon hade hört historier om folk som korsade gränsen till Skottland för att undkomma familjens förbud. Det verkade som om det kunde ta lite tid att komma dit. Kanske kunde de segla dit istället. Det skulle kunna lösa några problem.

Hur de än uppnådde detta skulle hon och Fergal klara det, för hon tänkte definitivt inte tillbringa sina år med Cliveshire.

En man som hade friat efter bara ett möte.

Åh, vänta. Det hade Fergal också gjort.

Men Fergal fick hennes hjärta att rusa och hennes kropp att darra. Cliveshire hade kanske fått henne att rodna i början, men han hade inte gjort något mer för att visa någon tillgivenhet. Han hade slutat dansa så fort han kunde, och sedan inte gjort någon ansträngning att söka upp henne igen. Inte heller hade han kommit på besök sedan dess. Eller skickat ett kort eller blommor.

Underligt.

Cliveshire måste vara desperat.

Åh, kära, var kom den tanken ifrån? Även om den var objuden, och rent ut sagt förolämpande för hennes självkänsla, verkade den logisk. Inte för att Mary hade så låga tankar om sig själv att *någon* man skulle vara desperat att gifta sig med henne. När allt kom omkring hade Fergal friat och han hade visat ett brinnande intresse som gränsade till vild åtrå. En respektfull, ärbar vild åtrå. Om något sådant var möjligt.

Men Cliveshire hade inte visat någonting alls, följt av ingen kontakt, och sedan ett frieri baserat på inget mer än hennes mors uppmuntran.

Hon måste tala med mamma. Detta kunde inte vänta till morgonen.

Hennes lemmar fungerade, till hennes stora förvåning. När hon satte sig upp återfick hennes sinnen en sken av normalitet. Var inte detta ett gott tecken på att hon kunde hantera det som måste komma härnäst med sunt förnuft?

Att tala med sin mor, med klart huvud och stadigt hjärta, skulle göra susen. Även om det var på tom mage.

Hennes egen dörr gick upp, vilket var något av ett mirakel.

Hade mamma glömt att låsa in henne?

Mary smög ner till sin mors rum och lyssnade efter tecken på någon annan. Det kunde stå en piga posterad utanför för allt hon visste, så det var bäst att gå lugnt fram.

Högst upp i trappan spetsade hon åter öronen för att höra samtal från rummen nedanför. Det fanns inga. Ett utmärkt tecken på att Cliveshire hade gått. Bra, hennes mamma skulle inte vara upptagen med att underhålla.

Uppmuntrad av denna utveckling stegade hon mot sin mors rum för att söka upp henne.

Första dörren öppnades. Åh. Inte här. På tidiga kvällar brukade hennes mor läsa vid fönstret med några ljus, eller besvara korrespondens.

Det verkade underligt att hon inte var här, även om det åtminstone innebar att hon inte skickade ut bröllopsinbjudningar.

Något dunsade till i nästa rum.

En rysning av rädsla spred sig längs hennes nerver.

Sedan ett dämpat "uff".

Så *underligt*.

När Mary sträckte sig efter dörren öppnades den av sig själv.

Vad gjorde Cliveshire på andra sidan om den?

Hon stammade fram ett "Mamma?" men resten av hennes fråga dog bort när kvinnan själv dök upp och rättade till sina kjolar.

Med befallande röst krävde mamma: "Vad gör du, barn?"

För en sekund återgick Mary till barndomen. Maningen att fly för att undkomma en utskällning tog över. Men så lade hon märke till något. Mammas ansikte var blossande, likaså Cliveshires.

Det var de som hade gjort fel, inte hon.

Is fyllde Marys kropp. "Jag t-tror att frågan borde vara vad *ni* gör, mamma."

Cliveshire flyttade sig för att skymma Marys sikt. "Inget som ni behöver bekymra er om. Vi ... diskuterar bara de praktiska detaljerna kring vår trolovning."

"Åh!" Plötslig skam fyllde Mary. Allt hände så snabbt, hon hade helt feltolkat situationen och varit misstänksam där hon inte borde ha varit det.

Men också, sabla karl, hon behövde tala med sin mor. "Jag är så förfärligt ledsen, snälla, förlåt mig", sade hon och sänkte blicken i kapitulation. Hettan spred sig över hennes kinder vid tanken på hur fel hon hade tolkat scenen. Att tro att hon hade antagit att något opassande pågick, när det var ... *vänta.*

Cliveshire stod där i strumplästen.

"Sir John, var är era skor?" Hennes blick for upp.

Mannen hade åtminstone anständigheten att harkla sig generat.

"Det här är inte vad det ser ut som!" skrek mamma.

Galla steg i Marys strupe. "Jag är en dåre", lyckades hon få fram, innan hon slog handen för munnen. För sent kräktes hon upp sitt te över Cliveshires fötter med ett plask.

Desperat att komma därifrån sprang hon från dem. Nerför trappan snubblade hon och höll i ledstången för att hålla balansen.

"Jag behöver en vagn", sade hon till betjänten.

"Fröken Callingsbrooke, jag är rädd att jag inte kan göra det", sade han med en sympatisk blick.

"Hämta en vagn!" skrek hon åt honom.

"Fröken, jag har instruktioner om att se till att ni inte lämnar min åsyn."

Hon drog av sig sitt silverarmband och tryckte det i hans hand som en muta. "Följ då med mig, och skynda er. Jag kommer att behöva ett vittne i vilket fall som helst."

KAPITEL 10

T ack och lov att kusin Charlotte var hemma!

Mary föll ner vid änkans fötter och ropade: "Det är ännu fasansfullare än jag någonsin kunnat föreställa mig!"

"Lugn, lugn, så illa kan det väl inte vara. Jag lämnade ditt brev till Fergal precis som planerat, och han kommer att rädda dig nu i afton. Jag skulle just besöka dig för att låta dig veta att du skulle vara redo vid ditt fönster."

Nej, hon kunde inte återvända till Callingsbrooke House. Det skulle vara dårskap. "Jag kan inte åka tillbaka. Maman har svikit mig värre än jag någonsin kunnat tro. Hon har arrangerat så att jag ska gifta mig med Cliveshire. Men ... herregud, hela tiden har de ... jag kan inte ens få fram orden. Men jag såg dem i eftermiddags!"

Charlotte ledde Mary till en soffa för att hon skulle kunna sätta sig och få tid att lugna nerverna. "Hämta andan och när du är redo att tala så lyssnar jag. Jag ringer efter te."

Mary ställde sig käpprakt upp. "Det finns ingen tid! De är säkert tätt inpå oss. Vi måste ta oss till Fergal nu genast. Hämta vagnen."

Lakejen från hennes hus stod fortfarande utanför dörren. "Jag har vagnen utanför, fröken."

Så otroligt bekvämt! "Kom, Charlotte, jag förklarar på vägen!" Till lakejen beordrade hon: "Vi måste ge oss av genast, till Soho Square."

De rusade ut till vagnen och drog igen dörren snabbare än deras lakej hann stänga den åt dem. Med ett ryck satte hästarna av i galopp. När de svängde runt första hörnet såg Mary tillbaka och fick syn på en annan vagn som stannade utanför Charlottes hus. Hon duckade när hon såg Cliveshires vapen på dörren.

Charlotte lade en hand på Marys knä och vädjade: "Vad är det som pågår, Mary?"

"Maman och Cliveshire ... ruinerar sig själva ... med varandra!"

Hennes ögon spärrades upp. "Är du säker?"

En eld blossade upp bakom Marys ögon. "Jag hittar inte på skandaler för nöjes skull!"

"Nej, du missförstår mig." Charlotte klappade henne lugnande på benet, som för att lugna en skärrad ponny. "Jag är säker på att de är fullständigt vedervärdiga som tvingar dig till äktenskap. Men ... hur kan du vara helt säker?"

"För att jag trodde att han hade gått, och jag gick till Mamans rum och han var där – de var i oordnad klädsel. Maman rättade till kjolen och först förnekade de bara allt med ursäkten att de arrangerade trolovningsplaner. Och sedan lade jag märke till att Cliveshire saknade skor, och då kräktes jag på honom."

Ett skrockande skratt undslapp Charlotte. "Bra gjort. Jag har aldrig tyckt om honom."

"Nu är det logiskt", började Mary tänka högt. "Varför han över huvud taget dansade med mig, och varför han kom med ett så simpelt frieri." De skumpade och gungade när vagnen tog ett nytt hörn. Mary slog handen för pannan. "Herregud! Det måste vara därför han rekommenderade att Maman skulle bo hos oss! Jag är en sådan idiot."

"Bara för ett ögonblick." Charlotte klämde hennes hand medkännande och stöttande. "Du är ingen idiot alls, för du listade ut det långt före bröllopsdagen."

Tack gode Gud för små välsignelser! "Tack, Charlotte, för ditt fortsatta stöd. Jag fruktar att jag kan behöva så mycket mer. Inklusive ... en plats att bo på nu när det är omöjligt för mig att återvända till Callingsbrooke House."

"Jag förstår", sa Charlotte, drog tillbaka gardinen och kikade ut genom fönstret. "Jag ser också att vi är förföljda." Hon bankade i taket och ropade: "Skynda på, gode man!"

Mary, som fruktade att se efter själv, kikade också över vagnens fönsterkarm när de svängde runt ännu ett hörn. "Låt dem inte ta mig!"

De kunde väl inte tvinga henne att gifta sig med honom?

"Här är vad jag inte förstår", sa Charlotte. "Varför gifter sig inte Cliveshire med er –"

"Mor", sa de i kör.

De brast ut i skratt, men det fanns inte mycket tid att njuta av munterheten när de studsade och skakade fram längs vägen. Ögonblickets skräck och stress var motsatsen till hennes tidigare åktur med Fergal.

"Det är ju själva kärnfrågan, inte sant?" fortsatte Charlotte. "Er mor är änka och fri att gifta sig med vem hon vill. Det kommer inte att påverka hennes änkepension ... om hon nu är så förtjust i Cliveshire, varför trolovar de sig inte helt utan er inblandning?"

"Jag är svarslös", svarade Mary. För det var hon verkligen. Det var fullständigt ologiskt. "Jag tror inte att min hemgift är så stor att den skulle kunna ge upphov till en sådan komplott."

Charlotte sa: "Min hemgift var absolut respektabel, men inte märkvärdig. Jag finner att jag kan leva bekvämt på min framlidne makes investeringar, förutsatt att jag är försiktig."

Det var svårt att tänka i den studsande, framrusande

vagnen som dundrade genom gatorna, medan Cliveshires vagn fortsatte att ligga tätt efter.

Mary kliade sig fundersamt på kinden. "Vem kommer att ärva er blygsamma inkomst när ni går bort?"

"Min kära, jag hade tänkt lämna allt till min favoritkusin."

"Förståndigt", sa Mary när de körde ner i ett särskilt enormt potthål och stötte in i varandra.

"Du är min favoritkusin, förstås!" förtydligade Charlotte.

Om de inte hade befunnit sig i sådan fara skulle det ha funnits tid att helt och hållet ta in denna underbara information. Istället kunde hon bara sprudla och hoppas att de kunde prata om det i lugn och ro någon gång i den nära framtiden. "Åh, Charlotte! Jag är överväldigad av er generositet! Hur ska jag någonsin kunna tacka er?"

"Jag är inte död än, långt därifrån."

De skrattade båda två tills de körde ner i ett nytt potthål. Då landade eftermiddagens händelsers fulla konsekvenser med en duns i Marys hjärta. Vagnen ryckte till och stannade, och det fanns ingen tid att diskutera någonting, då även Cliveshires vagn tvärstannade vid trottoarkanten, med hästar som gnäggade och frustade av utmattning.

Mary grep Charlottes hand och drog med henne

nerför gatan till bakre ingången av The Soho Club. Väl inne i vestibulen kastade de sig mot den stängda dörren för att försäkra sig om att Cliveshire och Maman inte skulle kunna ta sig in.

En herre stod i receptionen och frågade efter dem. "Vi begär omedelbar audiens hos mister Smith", flämtade Mary. "Han är mitt enda hopp."

Mannen nickade. "Vi har flera mister Smith här idag."

En duns hördes från andra sidan dörren. Cliveshire och Maman försökte ta sig in. De lade även till några rop, för säkerhets skull.

"Fergal Sheridan!" skrek Mary åt mannen. "Det är en fråga om liv och död!"

Gentlemannen nickade och gick mot deras dörr, och sköt sedan för en regel för att hindra deras förföljare. "Jag kommer att behöva se era medlemskap. Det är klubbens policy."

De fumlande i sina handväskor efter sina visitkort. "Ert liv", flämtade Mary, "är också i fara, Charlotte!"

Dörren dunsade till igen, men den höll stånd.

"Vad menar ni?" sa Charlotte medan hon vände upp och ner på innehållet i sin lilla börs.

Mary sa: "Nu är det uppenbart för mig. Arvet från er, plus min hemgift, plus Mamans änkepension." Hon flämtade till några gånger till; av dramatiken, deras snabba löpning och insikten om vad hon sa.

Dörren dunsade till igen, vilket fick träet bakom dem att spricka.

"Allt det skulle vara värt att döda för. Ni är i större fara än jag, Charlotte. Cliveshire vill bara ha min hand, men han vill ha er nacke!"

Charlotte, som normalt var mycket mer reserverad, avslappnad och oberörd, tappade hakan av chock när hon hittade sitt medlemskort. "Herregud! Hur i helvete vågar de!" I nästa sekund räckte hon över kortet till gentlemannen och reste sig upp. "Fullvärdigt medlemskap, och jag får ta med en gäst. Mary här är min gäst."

"Mycket bra, ers nåd. Jag ska hämta −"

Den inre dörren öppnades och Marys hjärta tog ett glädjeskutt. Där stod hennes älskade Fergal Sheridan!

I samma ögonblick dånade en väldig krasch bakom dem. Vestibulen fylldes av träsplitter och dagsljus.

"Fergal, min älskling, du kommer precis i rättan tid. Skynda dig och ruinera mig så att jag slipper gifta mig med Cliveshire."

"Släpp henne, din best!" dundrade Cliveshire. Det var inte han personligen som hade slagit sönder dörren. Det hade varit hans kusk, som just nu ömmade sin skadade axel där han satt på trappstegen utanför.

"'Best?' Vem använder sådana ord?" frågade Charlotte.

"Va?" krävde Cliveshire.

Mary utnyttjade distraktionen och kastade sig i

Fergals välkomnande armar. Hon kysste honom med all kärlek i världen, fullt synlig för sin kusin, sin oönskade trolovade, sin Maman och den alltmer förvirrade gentlemannen vid receptionsdisken.

Gentlemannen synade skadan och sa: "Jag lägger den trasiga dörren på er nota, Cliveshire."

Vänta, kände receptionisten Cliveshire? Betydde det att även han var medlem?

Det spelade ingen roll. Mary hade tillräckligt med vittnen här för att garantera sin och sin kära kusins säkerhet. "Ni är alla här för att bevittna att jag från och med detta ögonblick ska acceptera Fergals frieri och konvertera till ... öh ... *papalism*."

"Katolicism, min kära", rättade Fergal henne försiktigt.

"Åh, självklart. Då konverterar jag till katolicismen. Mycket riktigt."

"Det gör ni inte!" Mamans röst dundrade genom vestibulen.

Charlotte sa: "Det är redan gjort, fru Callingsbrooke. Låt henne vara."

Maman satte händerna i sidorna. "Ge inte upp så lätt! Ni kan fortfarande gifta er. Vi kan fortfarande —" Plötsligt insåg hon att de hade en ansenlig publik och tystnade. "Jag, äh, lämnade något i vagnen." Hon grep tag i Cliveshires arm och drog iväg honom.

"Vad håller du på med?" krävde Cliveshire.

Maman sa: "Det enda förnuftiga, kom nu."

För ett ögonblick såg det ut som om Cliveshire inte tänkte ge upp, men något brast inom honom när han såg in i Mamans ögon.

Det var den sortens blick som påminde Mary om hur Fergal såg på henne.

Herregud, de var verkligen kära. Nåja, lycka till. De kunde få varandra.

De gick tillbaka till Cliveshires vagn och deras kusk klättrade försiktigt tillbaka upp på sin kuskbock och höll tyglarna med sin oskadade arm.

Cliveshire klev in i vagnen efter Maman.

När deras vagn rullade iväg drog Charlotte och Mary en lättnadens suck. Fergal gav henne en varm kram och en het kyss.

"Förlåt för dörren, Grahame", sa Charlotte medan hon plockade en träflisa ur håret.

Det hade varit en dag fylld av överraskningar, men Mary blev faktiskt överraskad igen — även om hon inte borde ha blivit det — över att Charlotte visste namnet på receptionisten.

"Tredje den här veckan", sa Grahame. "Det är visst högsäsong för dramatiska entréer och sortier."

Några timmar senare, när Mary och Fergal var helt ensamma, började insikten om vad de hade åstadkommit sjunka in. "Jag är helt avskuren från min familj, eller hur?"

"Det skulle jag nog säga", sa Fergal.

"Du har också brutit med din familj, inte sant?"

"Det skulle jag ha blivit ändå, ivägskickad till kyrkan. På tal om kyrkor ..." Han gick ner på ett knä och höll en ring mellan fingrarna. Den glänste inte av dyrbarhet, men det var likväl en ring. "Vi kan starta en ny, om du säger ja till det här?"

Värme blommade upp inom Mary vid åsynen av den.

"Jag är ledsen att det inte är något storslagnare. Om jag hade haft tid skulle jag ha skaffat något från kostymförvaltaren på teatern. Jag ska skaffa dig något ordentligt väldigt snart."

Marys blod tjocknade, pulsen bultade i hennes öron. "Och du är säker på att allt det här inte bara är en del av din charm, för att sopa undan fötterna på debutanter och skända dem?"

Fergus blinkade, men rörde sig inte. "Skyldig som anklagad, men jag vill verkligen gifta mig med dig också. Charlotte överlämnade lappen och berättade om din belägenhet. Jag var på väg för att rädda dig när du anlände till klubben. Skulle du kunna ge mig ditt svar? Jag skulle väldigt gärna vilja fortsätta med den planerade skändningen."

Han ljög inte, om den extrema bulan i hans byxor var något att gå efter. "Och du är säker på att du vill gifta dig med mig? Min familj verkar löjligt komplicerad och vi skulle bli utstötta."

"Det är jag med. Jag har blivit vansinnigt förälskad i dig."

"Herregud, är det sant?" Hon sjönk ner på knä så att hon var i jämnhöjd med honom.

"Du verkar ha svårt att tro på folk när de är allt annat än sanningsenliga, men ändå tar du andra för god fisk som i själva verket är fyllda av svek."

Det chockade Mary till tystnad, men bara för ett ögonblick. "Herregud. Jag tror du har rätt."

Han fortsatte enträget. "Jag älskar dig. Snälla, gift dig med mig."

"Ja", flög ur henne innan hon kunde hejda det. "Ja, jag gifter mig med dig. Jag är rädd att jag redan har förälskat mig i dig, som en övernitisk debutant."

"Utmärkt", sa han medan han trädde ringen på hennes finger, och de kysstes med all kärlek i sina hjärtan.

"Ja, till äktenskap, och ja till skändningen, tack", sa hon när han lät en hand glida in under hennes kjolar och stadigt röra sig uppför hennes lår. "Ja, det också."

Hans fingrar klättrade högre tills de nådde hennes mjuka lockar. Hon flämtade av njutning och uppmuntran när hans fingrar gled fram och tillbaka över hennes veck och sedan cirklade kring hennes öppning. Hon stönade av undret när han utforskade och beundrade hennes kropp. Hon pressade sin mun mot hans igen och ville gråta när hans fingrar utforskade mer, prövade och retade henne. Först ett finger, sedan två, hela vägen in. Hans tumme cirklade kring en känslig nerv och sände stötar av gnistor genom hennes kropp. "Vad var det där?"

"Jag slutar om det är för mycket."

"Sluta inte, det är underbart", flämtade hon. Hennes händer sträckte sig efter knapparna på hans byxor för att befria honom.

"Åh ja", uppmuntrade han när han styrde hennes hand till sitt heta kött.

Hennes hjärna blev dimmig när han visade henne hur hon bäst skulle smeka och hålla hans kuk.

"Vi har alldeles för mycket kläder på oss", förklarade han.

"Sannare ord har aldrig sagts." Mary släppte honom motvilligt för att knyta upp sina kjolar. Hon klev ur dem och stod framför honom i bara särken och med strumpor på fötterna. Fergal sparkade av sig skorna. Fler kläder föll till golvet när de tumlade ner på sängen, deras kroppar så upphettade att de inte behövde några filtar.

Han hämtade just den anordning de hade diskuterat under åkturen i vagnen. Fodralet med sitt band. Hon såg på, med munnen lätt öppen, när han fäste det på plats. "Och som du ser, kommer det inte att bli några komplikationer."

I nästa ögonblick rullade Fergal över på rygg och

drog Mary ovanpå sig och lät henne utforska hans kropp. Hon gränslade honom, pressade sig sedan långsamt ner mot hans skrev och kände hettan och kontakten från hans täckta kuk mot sitt innersta.

"Du har fullständig kontroll", sa Fergal. "Gör med mig vad du vill."

"Jag hoppas att jag gör det här på rätt sätt", sa hon och pressade sin kropp närmare hans.

"Min älskling, du gör allting rätt."

"Är jag inte för... ah... fuktig?" sa hon, medan hon försiktigt tryckte sig mot hans kuk. Fukten från hennes kropp gled mot hans.

"Du är perfekt. Även om jag kämpar för att inte explodera."

"Vad gör jag nu?"

"Låt mig hjälpa dig." Han förde hennes hand till roten av sin kuk och hjälpte till att rikta den uppåt så att hon kunde få ett bättre grepp.

Hon tryckte sig in och gled hela vägen ner, ett flämtande undslapp henne när hon insåg den sanna naturen av deras förehavande.

Det kändes otroligt. Han var inne i henne nu, och hennes panna rynkades.

"Är du... okej?"

"Ja, jag... jag förväntade mig att det skulle göra ondare."

"Om det är till någon tröst så lider jag i fullkomlig vånda", svarade han. Med båda händerna grep han tag i hennes skinkor och höll henne på plats ett ögonblick, och ryckte sedan till under henne.

Hon lutade sig framåt, slog händerna mot hans håriga bröst och vickade på bäckenet. Han flämtade till igen. Hon gillade ganska mycket känslan av de där flämtningarna, eftersom de kom med en skälvning genom hans kropp, som sedan fortplantade sig till hennes.

"Vad sägs om att jag glider omkring lite?" frågade hon.

Fergal nickade ivrigt men sa ingenting när han bet sig i läppen.

Uppmuntrad av detta gungade Mary fram och tillbaka och älskade känslan av honom som fyllde hennes kropp. Hennes puls bultade av denna blandning av kontroll och hänryckning när hon lyfte sig lite och sedan gled ner igen.

Fergal flyttade sina händer dit de var sammanfogade och tryckte på den där nerven som han hade träffat en stund tidigare. Ett tungt andetag undslapp Marys mun, medan hon flämtade allt ljudligare. Han gjorde det igen, och igen, medan hon gungade, suckade och gled omkring.

"Åh!" stönade hon. Andra ljud följde, men inget sammanhängande. Hetta, andedräkt och pumpande blod fyllde hennes öron när hon rusade på hårdare och slöt ögonen. Det fanns något... precis utom räckhåll, något hon behövde... nå fram till.

En plötslig stöt for genom henne, en tjock puls stal hennes andan och hennes lungor stannade. Allting skakade och krusade sig. Sedan krusade det sig igen. Svett täckte hennes kropp. Täckt honom också.

Hennes andning kom tillbaka, tack och lov. "Vad", hostade hon, "var det där? Och hur snart kan vi göra det igen?"

Fergal rullade över henne så att hon låg på rygg och han var ovanpå henne. Fortfarande fullständigt förenade kysste han hennes hals och bröst och gungade sin kropp mot hennes. "Ge mig en sekund."

Medan han pumpade och skakade, slog hon benen om honom och grep tag om hans stjärt med båda händerna, och härmade vad han hade gjort mot henne bara några ögonblick tidigare. Han stönade och stötte och pumpade, darrande och skälvande i ett eko av hennes egen reaktion.

Han grymtade och rullade över på sidan, hans plötsliga frånvaro från hennes kropp fick allting att bli kallt.

"Du är fantastisk", viskade han och kurade ihop sig intill henne. Han kysste henne igen och smekte lättjefullt ett bröst, och sög sedan på hennes bröstvårta. "Jag måste ta bort den här och är strax tillbaka. En varning bara, jag tror aldrig att jag kommer att få nog av att älska med dig."

"Det är snällt av dig att säga. Verkligen", hetta samlades bakom hennes ögon.

"Men jag menar det. Du är en sällsynt och dyrbar själ, som ger dig hän åt akten, som anförtror din kropp åt mig. Jag kommer att dyrka dig varje dag, det lovar jag."

"Du blev inte..." hon sökte efter orden, "äcklad av mig?"

Han drog tillbaka huvudet och granskade hennes ansikte. "Det är raka motsatsen till vad jag känner. Dina reaktioner är naturliga, sprudlande och generösa." Han kysste henne grundligt. "Jag var *förtjust*. Faktum är att det var jag som var livrädd för att du skulle tycka att jag var demonisk, så hungrig efter dig. Att få min iver och förtjusning så fritt återgäldad? Det är verkligen ett mirakel. Vi är som gjorda för varandra."

"Du säger inte bara så?" Det var svårt att veta. Hon hade så många år av uppenbarligen felaktig information att bearbeta med denna nyfunna glädje. Denna underbara förening. Detta förenande.

"Jag lovar dig", sa Fergal, "av hela mitt hjärta, att jag inte alls bara säger så. Jag vet inte vem som har fyllt ditt huvud med sådana idéer, men du är allt jag någonsin kunnat drömma om i en kvinna, i en hustru. Om du nu ger mig en liten stund ska jag återhämta mig och så kan jag visa dig precis hur mycket jag älskar dig, och hur mycket jag älskar vad du gör med mig."

Ett fniss bildades. "Du skulle ha blivit en fruktansvärd präst."

"Du ser mitt dilemma." Han kysste henne igen.

"Men förhoppningsvis kommer jag att bli världens bästa make för dig, och med tiden en god far till våra barn."

"Barn, säger du?"

"Om Gud vill. Men kanske inte omedelbart. Låt mig fräscha upp och byta ut kuvertet, så att vi kan njuta av våra konsekvensfria stunder medan vi kan."

De låg tillsammans och förundrades över de anmärkningsvärda känslor som deras intima stund hade skapat.

"Ska vi uppfostra dem som anglikaner eller katoliker?" frågade Mary. "Och kommer jag att behöva konvertera?"

"Jag hade ärligt talat inte tänkt så långt." Han kysste henne ömt.

"Vad är de största skillnaderna mellan våra religioner egentligen? Bortsett från att du lyder påven framför kungen?"

Han log när han kysste sig nerför hennes mage, stannade vid hennes navel för att njuta av den innan han fortsatte lägre. "Det finns några saker. Den stora skillnaden är under mässan. Brödet och vinet blir bokstavligen Kristi kropp och blod, genom gudomlig transsubstantiation."

"Verkligen?" Hennes hjärna förvandlades till gröt när han flyttade sina kyssar tillbaka uppför hennes kropp och tog hennes bröst i sin mun. "Jag trodde att kroppen och blodet bara var en metafor?"

"Nej..." Hans kyssar och smekningar rörde sig lägre igen. "Det är ett mirakel."

"Efter idag", smekte hon fingrarna genom hans hår och bekände, "är jag helt beredd att tro på mirakel."

Fergal förklarade: "Åh, min älskling, det är jag också."

OM FÖRFATTAREN

Ebony Oaten älskar ordlekar och är mycket glad över att hennes titlar, som är fyllda med ordlekar, kan översättas relativt bra.

Du kan hitta henne på Facebook, där hon slösar alldeles för mycket tid. Om du hittar henne där, be henne att återgå till att skriva fler av sina fräcka, fåniga och sexiga noveller.

Tack!

 facebook.com/EbonyOaten